灌县趣闻

马万林 ◆ 著

陕西新华出版
太白文艺出版社·西安

图书在版编目（CIP）数据

灌县趣闻 / 马万林著. -- 西安 : 太白文艺出版社，
2025. 1. -- ISBN 978-7-5513-2677-3

Ⅰ. Ⅰ247.7

中国国家版本馆 CIP 数据核字第 2024WV7031 号

灌县趣闻
GUANXIAN QUWEN

作　　者	马万林	
责任编辑	李明婕	
封面设计	李　李	
版式设计	杨　桃	
出版发行	太白文艺出版社	
经　　销	新华书店	
印　　刷	四川科德彩色数码科技有限公司	
开　　本	880mm×1230mm　1/32	
字　　数	125 千字	
印　　张	5	
版　　次	2025 年 1 月第 1 版	
印　　次	2025 年 1 月第 1 次印刷	
书　　号	ISBN 978-7-5513-2677-3	
定　　价	68.00 元	

如有印装质量问题，可寄出版社印制部调换
联系电话：029-81206800
出版社地址：西安市曲江新区登高路 1388 号（邮编：710061）
营销中心电话：029-87277748 029-87217872

马万林医生与书法家、画家一起讲古诗词

书法家活动现场合影

马万林医生在永丰街道办举办诗歌朗诵会"春天，我和诗歌有个约会"（一）

马万林医生在永丰街道办举办诗歌朗诵会"春天，我和诗歌有个约会"（二）

全家福（一）

全家福（二）

马万林医生免费为社区居民煎药

民间拾趣趣亦多

王方

认识马万林老师，是在一次友人小聚的场合。那时他留平头，戴黑框眼镜，举手投足间是遮掩不住的儒雅，不太像是个有趣的人。他送我一幅书画作品，题的是他自己的诗，却自我介绍说他是执业医师，顿时让我对他刮目相看，心想这老兄跨界跨得也太多了！尤其马老师个人在"5·12"汶川大地震中自备药物救治伤员、免费为病人提供饭菜的善举，更是让人敬佩。

读了这部《灌县趣闻》，才发现马老师不仅多才多艺、有善心，更有一个有趣的灵魂。

灌县，也就是今天的都江堰市，以秦国蜀郡太守李冰修建的都江堰水利工程而得名。若从前蜀武成元年（908）改镇静军为灌州算起，灌县这个地名断断续续已有千余年历史。所以尽管都江堰举世闻名，但本地人却习惯称自己家乡为灌县，就像彭州人习惯称彭州为彭县，郫都人习惯称郫都为郫县，都透着一股子与家乡不离不弃的执拗感。马老师是都江堰人，给自己的书名冠以"灌县"，也体现了对家乡的这种深厚感情。

历史悠久，文化底蕴自然厚重，奇闻趣事就多。有影响的，被文人墨客收入史籍或志书，得以留存，但更多散落在百姓中的趣闻，因不太引人注目，久而久之也就几近失传了。这就需要有人及时搜罗捡拾，形诸文字，方可传于后世。这并非易事，因为很多所谓趣闻，原本平淡无奇，若没有一双"识趣"的慧眼，很难于寻常处发现不寻常之趣，更不用说记录了。是以明代文学家袁宏道曾感慨："世人所难得者唯趣。趣，如山上之色、水中之味、花中之光、女中之态，虽善说者不能下一语，唯会心者知之。"

难则难矣，但对川人来说似乎要另当别论，因川人多天性乐观，自古尚趣。出土于成都天回山东汉崖墓的击鼓说唱陶俑，其诙谐表情足以显示这一点。一代词宗苏东坡同样推崇趣味："诗以奇趣为宗，反常合道为趣。"不仅尚趣，川人还喜欢摆龙门阵，很多奇闻趣事其实就是在龙门阵中口口相传的。有此传统，就不难理解马万林老师何以对家乡趣闻乐此不疲了。

纵观这部《灌县趣闻》，从古至今，很多在灌县民间流传的奇闻趣事、风土人情、鬼怪神仙、民俗传说、人物典故等，尽被马老师收入笔端，而其从民间角度记录、呈现乡土风俗的笔法，尤其令人印象深刻。

先看奇闻趣事的记录。《测字算命》中，那个靠装神弄鬼骗钱混饭的算命先生林有财，两人同测一个"鱼"字，只因一人旁边有挑水的就测人活，另一人旁边有卖油条的就测人死，依据是鱼得水活，遇油炸则死，结果挨了一顿打，让人哭笑不得。《何瓜瓜的传说》中，那个何瓜瓜的模样，则如漫画人物般让人哑然失笑："身材又矮又胖，圆圆的大脑袋，两眼间距宽，鼻子又塌，口水往下巴流，胸前天天挂块毛巾，吸收流下来的口水。"《托梦》中，受害者给家属托个梦，官员以此为线索居然真就破了案，让人啧啧称奇。

再看风土人情的呈现。书中涉及很多都江堰本地的寺庙、桥梁、河堰、水沱等建筑或景观，如集善桥、报恩寺、翔凤桥、观凤楼、鲤鱼沱、石牛沱、柏木河、响水堰等。还有很多民间人物，如廖大军、王太医、周草药、童疯子、李豆花等。每个建筑或景观都有传说，每个人物都有故事。书中还收录了很多俗语、谚语。《百年集善桥》中，新桥建成后，要选出第一个过桥的孩子，称为"开桥童子"。《贵贵阳的传说》中的俗语"前娘杀鸡留鸡腿，后娘杀鸡留鸡肠，鸡肠挂在墙壁上，遥望鸡肠笑一场"，《托梦》中的顺口溜"成都到灌县，气都要累断，上车七八次，八九十人推"，都生动体现了当地的风土人情。

中国古代有一种笔记式的短篇故事集,魏晋时开始出现,可"志人",可"志怪",篇幅短小,内容驳杂,被称为笔记体小说集,如东晋干宝的《搜神记》,南朝宋刘义庆的《世说新语》。这些故事尽管没有特别繁复的情节,也没有特别高超的艺术手法,有些情节从科学的角度看可能还有些荒谬,但却原汁原味地呈现了老百姓眼里的世界,有重要的史料价值。由是观之,马老师这部《灌县趣闻》也可视为当代的笔记体小说集了。

2024 年 1 月 18 日,农历癸卯年腊八于西华苑

(王方,西华大学地方文化资源保护与开发研究中心副主任)

目 录

CONTENTS

百年集善桥

灌县（今都江堰市）出北门，有一条绕山而行的千年古道。古道的两边有很多大树，道路中间铺着石板，两边镶嵌着条石，有的地段宽，有的地段很窄。古道经栏马桥、宝灵桥、紫房沟大桥，以及万丈沟，通往蒲阳（今蒲阳街道）、彭县（今彭州市）。人们到灌县县城办事，买卖经商，生病就医，都要走这条蜿蜒的古道。路上的石板经过多年的车辆碾轧，形成很深的凹陷，有的路段还遭到了损毁。由于这条道路依山而建，每年到了夏季，天降暴雨，山洪暴发，很多路段、大桥被冲毁，行人车辆不能通行，当地人就自发组织起来修桥补路。俗话说："修桥补路生儿无数。"就是说做善事多子多福。

也有人在古道边上搭建草房，开起了幺店子，传说中就有鲁家幺店子、胥九娘幺店子，为行人提供食宿。

灌县北门外，灵岩村与百花村交界处的紫房沟附近的山上，住有一户姓胡的人家，他家有一个儿子叫胡正龙，小时候就听从父母的教海，"勿以恶小而为之，勿以善小而不为"。长大后勤劳勇敢、心地善良，每逢修桥补路，他的表现最为突出，最常积善，还为因道路冲毁、桥断被困的行人提供食宿，时间一长，人们都叫他"胡善人"。

据说1920年的夏季，紫房沟下起倾盆大雨，把古道和大桥冲毁，车辆行人均无法通行，困在这段路上的男女老少，都被淋成了落汤鸡。鲁家幺店子、胥九娘幺店子也容纳不下这么多的人，胡正龙看在眼里急在心里，自己也没有太多的雨具去救助他人，便腾出自己的住处为他人提供食宿，等待雨过天晴。胡正龙又动员山里人，砍伐大树搭便桥，暂时解决了人们的通行问题。

这年的雷雨季节刚过去，胡正龙就牵头找当地的乡里乡亲，以及名门望族集资修桥，请石匠设计施工。这座桥就横架在紫房沟上，是一座长十米、宽两米、高四米的石拱桥，自此，道路通行再无阻碍。也方便了万岭村以及蒙子岭一带的沿山村民，为暴雨天进出县城办事的人们提供了方便。

这座桥当年开工建设，当年竣工，开桥仪式还请了一名"开桥童子"。开桥童子，即桥建成后，第一个过桥的孩子。

当年的开桥童子是百花村的唐全春（现已故），那时的他不满一周岁，乳名就叫唐桥娃。

集善桥

由于这座桥是胡正龙胡善人发起修建的，所以人们叫它"集善桥"。

2018 年 12 月 1 日下午，我闲暇无事去紫房沟采风，途经四川农业大学、杨柳河。36 路公交车行驶在一条宽阔的公路上，两旁有许多休闲山庄、居民小区、农家院落，在这宽阔的公路上，已没有旧时的气息。路上的行人熙熙攘攘，我在灵岩村与百花村交界的路上，询问打牌的老人集善桥在哪，他们告诉我，往上走，穿过灵岩小区，就能看到。一位老大爷又对我说："前面就是胡家，我带你去认识一下。"

在老大爷的带领下，我见到了胡德云老人，他是胡善人唯一健在的儿子，今年已是九十二岁高龄，他眼睛不花，虽然耳朵不太听得清，但思维清晰，说话吐字清楚。他说，他父亲一生行善，心地善良，助人为乐，当年看见被洪水冲毁的桥梁，以及受困的人淋雨受凉，心里难过，就去求当地的乡亲、名门望族集资修桥。凑够了钱，就去请石匠、民工来修桥，胡善人不但出钱出力，帮着干活，还要为石匠和民工的日常生活奔波劳累。这座石拱桥建成后，由灵岩山人、书画家喻云双主持开桥仪式，当地官员和百姓都来参观，一位母亲抱着她不满一周岁的孩子第一个过桥，人们放鞭炮庆祝桥的建成，胡善人的善举感动了十里八乡的人们。胡德云老人又说，这座桥一百年来，经历了无数次的山洪冲击，屹立不倒，2008年的汶川大地震后也安然无恙。胡德云也被父亲的这种精神深深感动着。

这座"集善桥"经历了百年岁月，经历无数次的山洪冲击，依然屹立在紫房沟上，石板路仍然清晰可见。虽然那条灵岩山上的古道和集善桥已经废弃了，被沟边的公路所代替，但心地善良的胡善人，依然深受当地人的拥戴，经常谈起他。

胡善人一家见证了历史的变迁和发展，百年之后，他的后人搬进灵岩小区，小区环境优美，生活便利。老年人都办有免费乘车卡，山乡农民都有社保、医保，村卫生站就在小区的公路旁边，方便村民就近治疗疾病，还为社区老年人、慢性病患者提供一年四次的免费测血压，以及一年一次的免费健康体检。同时，村卫生站还建立了家庭医生慢性病患者健康档案，监测和预防疾病的发生。小区居民出行交通便捷，生活条件愈来愈好，如今，人们再也不用走那条狭窄的古道，过去跋山涉水受苦的日子一去不复返了！

报恩寺

灌县县城往东，是蒲阳河，河旁边曾有座古建筑，叫报恩寺，清朝就拆了，寺庙是什么样，谁也没见过，只听老年人说起过。曾经的报恩寺就在张爷庙下面两百米处的地方，后来建成了居民小区。在人们的心中，只留下了动人的传说。

相传，蒲阳河边有一处乱石河滩，赵友明一家七口人，搭建了三间茅草房，在此开垦了三十亩荒地，种玉米、小麦，过着平静的生活。通过多年的辛勤劳动，勤俭节约，家里盖上了瓦房，令人羡慕。

紫东街往下走，有一座木桥架设在蒲阳河上，名叫玉带桥。桥上常住无家可归落难的人，由于玉带桥与赵家干活的地方很近，看到那些缺衣少食、饥寒交迫的人，赵友明便会给予他们一点儿食物。

那年，一个衣衫褴褛的女孩子因饥饿倒在玉带桥上，赵友明知道了，送去食物，女孩非常感动，要拜他为干爹，帮着他干农活。过了些时日，女孩便成了赵友明的儿媳妇。

几年后，紫东街霍乱流行，活蹦乱跳的孩子，身体强壮的汉子，在几个小时内便失去了生命。很多人都死于霍乱，赵家的人也相继去世，只留下老人赵友明和儿媳妇二人。

日子还得继续过，赵友明继续下地干活，儿媳妇在家做家务事，两个人忙里忙外，配合默契。老天不负勤劳人，经过他俩的努力，田里的庄稼长得很茂盛，年年都有好收成。一年一年过去了，也招来不少的闲言闲语，有人背地里说，他俩有违公序良俗，公公与儿媳妇不清不楚，等等，诸如此类言论，甚嚣尘上。

又不知道过了多少年，赵友明年纪大了，干不动活了。三九天飘来大雪，赵友明身体虚弱，手僵脚冷，躺在床上盖着被子，还冷得不行，身体蜷缩在一起。儿媳妇就上床给公公赵友明暖脚。邻居觉得很久没见这老头，约起几个人撬开门去看看，原来两个人还在床上呢。众人议论纷纷。儿媳妇给公公暖脚，是报答，是没有办法的办法。儿媳妇说出几十年前的旧事，自己对公公好，是报他的救命之恩。听到这里，众人心里明白了，以前的流言蜚语不攻自破。没有过多久赵友明死了，儿媳妇悲痛欲绝，不久也去世了。以前那些说闲话的人非常自责。县老爷听闻此事，下令为此立庙，即为报恩寺，以资纪念。

翔凤桥的传说

灌县县城的东边有一条很长的街叫太平街，顺着太平街有一条河叫走马河。走马河在九兴广场对面起源，又分出一条蜿蜒的河叫翔凤桥河。在太平街的终点，有一座古老的城楼叫观凤楼。从观凤楼到成都，是存在了两千多年的西蜀大道。很久以前，翔凤桥河与西蜀大道相交，阻断了行人及车辆的通行。为方便出行，当地官府决定修建翔凤桥。

两千多年前，劳动人民与恶劣的自然环境作斗争，逢山开路，遇水搭桥，从最早的树木搭桥到石材搭桥历尽沧桑。岷江流域江河纵横，西蜀大道沿途修建了很多桥，如翔凤桥、廖家桥、羊子桥、弯弯桥等，其中，翔凤桥最著名，它是一座高大雄伟的石拱桥，据说修桥的时候鲁班都显灵了。老灌县人口口相传，留下神奇的传说。

古人搭桥都是使用很大的树木，在冬季的枯水季节时，众人把大树砍倒，一棵大树几十个人抬，把大树搭在河的中间，几棵大树合并用竹篾捆在一起，便于行人车辆的通行。但是，日晒雨淋，时间长了木材就会腐朽，发生断裂，桥毁人亡，后来人们就用石头修建。远古时代人们就会使用石器，几千年前古人已经步入文明时期，青铜器铁器等金属制品已经出现。传说鲁班在河边干活的时候，被野草割伤了手，鲜血直流，疼痛难忍，这是什么草？鲁班仔细观察后，发现这野草的边缘是锯齿状，由此他得到了启发，发明了锯子。后来，鲁班又发明了铁锹、曲尺、墨斗等，用于建桥建房。

当年，为了修建翔凤桥，官府请来了当地的能工巧匠设计施工，干活的都是乡里乡亲，有钱的出钱，无钱的出力，周围的人都来帮忙。修桥的石料，都是从灵岩山上背下来的，工地上的石料堆积如山。建造翔凤桥需要多少石料，都由掌脉师精心设计计算，并对石头形状、大小、数目进行统计，登记造册。然而，百密还是有一疏，那是后话。修桥的工地上，工匠们紧张地干活，不知什么时候来了一个疯疯癫癫的老人，也参与开采石料。他不吃饭，更不要工钱，只对着一块石头发呆，突然老人高喊："你们快过来，就差这一块上天赐的宝石啦！"大家以为这疯老头发现了什么宝贝，走近一看就是一块普通的石头，骂他一句精神病，大伙就散了。再转过身，疯癫老人就消失得无影无踪了。

几个月后的寒冬腊月，众人用洒水成冰的方法把堆积如山的石料运了过来。在掌脉师的指导下，人们用泥土夯出一个弧形的基础，然后把一块块巨大的石头排列起来，用米浆和石灰粉黏合，再用铁销钉固定，连接起来一座弧形的石拱桥，最后挖去桥下的泥土，一座高大雄伟的单拱石拱桥展现在人们面前。大伙都在喝彩，乡绅们都来贺喜，眼看就要完工时，桥的正中间却差了一块石头，工匠到处寻找，就是找不出一块合适的，不是大了就是小了，不是短了就是长了，掌脉师急得焦头烂额，这时大家才想起那疯疯癫癫的老人，把他所说的那块石头搬过来一试，正合适，众人恍然，原来是鲁班显灵了。

翔凤桥是一座石拱桥。桥长十五米，宽六米，高五米。高山阻隔，交通不便，蜀道难难于上青天，修建的艰辛过程，也无人知晓，人们都知道赵州桥和都江堰的雄伟，却不知道灌县翔凤桥的壮观。当地的老人讲：翔凤桥是一座很大的石桥，翔凤桥河经娃娃沱，向廖家桥石牛沱方向流去。桥两侧有石柱护栏、长廊，可供行人休息和避雨，后来被人破坏了。20世纪60年代，西蜀大道翔凤路段凹陷的石板路被破坏，有人用石材来建猪圈牛圈，翔凤桥的长廊被人拆除，桥两侧的护栏被毁，看上去非常危险，整座石桥经过水流千年冲刷，风化严重。20世纪70年代，壮观的翔凤桥废弃了，被走马河五斗口处的柏木河桥所代替。而后，因城市发展需要，道路贯通，河水改道，翔凤桥被掩埋了。至今我还在怀念翔凤桥，还有那些修建翔凤桥神奇的传说。

离堆公园的石牛

我国古代人们认为"牛象坤，坤为土，土胜水"。从五行学说来看，牛属土，土能克水。理论上讲，兵来将挡，水来土掩。那石牛能不能治水呢？洪水袭来，势不可当，土挡不住，连石头也挡不住，石牛是人工打造的，怎么会镇水？石牛镇水根本没有科学依据，只有依靠人的力量才能战胜洪水。

牛在农业生产中用来耕田犁地，有着不可替代的作用，所以人们爱护它、喜欢它，很多地方都能见到工匠们塑造的石牛。

1942 年至 1956 年，很多人见过灌县离堆公园的石牛。前几年，本人依据当年人的描述，特意作诗一首，并发表于《都江堰报》上：

兀兀怪石似耕牛，独卧江边镇灌州。

遍体风吹毛未动，浑身雨打汗先流。

青山有草难张口，黑嘴望糠仍昂头。

鼻上至今无篾索，谁来牵住把它收。

在远古时期，四川盆地到处是野生动物，如猕猴、犀牛等，玉垒山上现在还有一个古代神话传说中的斗犀台。人类通过驯化野牛从事农业生产。古人常说"千斤犁头万斤耙"，牛的膀子力气大，在农村，牛用来拉石磙、犁头、水耙。牛的鼻子最脆弱，所以，牵牛要牵牛鼻子，在牛的鼻子孔上穿个洞，用篾索牵着走，耕田时牛轭一扛，牛就听人话，向前、向后、向左、向右，服从人的指令。牛的一生是勤劳的一生，悲壮的一生，我们应该学习牛任劳任怨、无私奉献的精神。

"牛种田来牛吃草，东家吃米我吃糠。"在人们种植水稻时，经常要抢种、抢收、耕田、赶水插秧，早上天不见亮，农人就牵着牛下田，起早贪黑，日日无休，下雨时穿着蓑衣，晴天时，汗水长流。深夜月亮出来还在劳作，所谓吴牛喘月，耕田苦。种庄稼的农民爱牛，农忙时节给牛加餐，牛爱吃稀饭加米糠，还喜欢吃干谷草，秋收时节晒干的干谷草堆在牛圈旁边，让牛感到食物丰盛。每年农历十月初一，是牛的生日，各地农民会对牛的健康状态进行评估，最健壮的戴大红花、吃糍粑。万物皆有灵性，牛更是如此，它会伤心流泪。牛的一生悲壮，年轻时天天干活，年老时被屠宰吃肉。

离堆公园里的石牛从何而来？相传，现天乙街塔子坝那里在古代是农民种水稻的地方，有一年，不知从哪里跑来一头牛，吃了田里的庄稼，当地人去追赶，牛就跑了，没有人的时候，牛又来吃庄稼。后来众人合力，把牛关进了圈里，饲养起来，驯化后耕田犁地。十多年后，牛老病死。塔子坝周围的人为了纪念它，就造了一尊石牛。不知又过了多少年，人们把它抬到离堆公园。时间到了1933年农历八月二十，内江涨大水，石牛被淹没了。又过了几年，人们发现它在离堆公园的水塘中，于是又把它搬到原来的地方。此后，人们为了纪念牛对人类的贡献，把石牛立在公园里，以供游客观赏，孩子们很喜欢骑在牛背上取乐。

1956年，离堆公园内工程队施工，搭工棚、修伙食团，不久后发生了一场火灾，大火被扑灭后，众人发现石牛消失了。

鲤鱼沱的传说

清朝末年，大面山脚下住着一户人家，男主人叫周正红，其妻王氏，膝下有两个女儿，大女儿周金花，小女儿周银花，一家四口住在一个四合院里，院子周围有约三十亩泥沙土地，不远处有一个深水塘，再往前就是岷江，对岸是伏龙观、玉垒山。

大女儿周金花二十岁，已经到谈婚论嫁的时候了，媒婆几次登门，周正红就是不愿意把女儿嫁出去，他的想法是招女婿，帮他干农活，他一个人做二三十亩地，常感到力不从心，于是放话出去，周家要招女婿上门。

龙池山上有一个二十三岁的小伙子，姓董名占山，此人身体好，浓眉大眼，圆圆的大脸上有一些横肉。由于家里穷讨不到老婆，经人介绍也就到周家上门了。

由于董占山吃苦耐劳，得到岳父岳母的赞扬，虽然是上门女婿，但在家中也说得起话。两年后小两口生了个儿子，取名董魁，全家人都喜欢。过不多久，董占山打起了小算盘，心想这个家将来全是我董占山的。眼看小姨妹长大了，想办法把她嫁出去不就成了，就经常说一些话气小姨妹，逼她嫁出去。

周银花经常受姐夫的欺负，父母当然要保护，责备这蛮不讲理的女婿。一家人开始貌合神离，周银花也琢磨着想找个男人上门。

都说这姻缘是前世所修。长藤县红心镇连续三年没下雨，庄稼旱死无收成。储备的粮食吃光了，有人饿死了，还有人吃观音土，很多人背井离乡开始逃荒去要饭。

有一天，周家门前来了一个要饭的小伙子，躺在门槛旁边的大石头上奄奄一息，周银花刚开门就看见了，吓了一跳，一声尖叫惊动了家人，周家人给了小伙子一碗粥。此人自我介绍是长藤县人，名叫廖怀山，家里其他人都饿死了，他逃荒到这里。喝了粥的他跪地道谢，说要在周家干活，当牛做马，以报救命之恩。这周家大女婿也觉得划算，多一个人干活又不需要付工钱，自己好偷懒。

廖怀山很勤快，什么活都干，还会修修补补，周银花对他产生了感情，周家老两口看在眼里，没过多久，就给二人完婚了。这可急坏了大女婿董占山，独占家产的美梦要破灭了，就开始找碴儿吵架，对廖怀山百般刁难，甚至大打出手。周银花夫妻俩也不甘示弱，这周正红也管不住，就请当地保长甲长来调解家庭纠纷。调解不了，就只好分家，院子中间筑起一道高墙，分成两宅。周正红与大女儿住在一起，王氏跟小女儿住在一起，田地均分，每家一半。两家人各进各的门，从此互不来往。几个月过后，周银花生了一个女孩，取名廖静，又瘦又小看样子带不活，可她还是坚强地活了下来。

　　十年后，董占山的儿子和廖怀山的女儿要上学了，两姐妹带上各自的孩子，送到灌县的私塾读书，走在同一条路上，俩人面熟却又陌生，几次相逢下来还是相互打了招呼，毕竟是亲生姐妹，血浓于水。董魁与廖静也是哥哥与妹妹，兄妹俩手牵手一起上学，时间长了去私塾就不要大人接送了。兄妹俩走过玉米地的小路，手拉手过夫妻桥，经崇德庙、河街子、玉垒观、西街进城到学校。

　　随着年龄增长，兄妹二人产生了有悖人伦的感情。一日，俩人趁大人下地干活不在家，偷吃了禁果。妹妹身体弱，淋雨会感冒，晒太阳面部皮肤要过敏发痒长疙瘩，哥哥对天发誓，要保护妹妹太阳晒不着，下雨淋不着。两个人沉浸在无比幸福和欢乐之中。

　　过了些时日，廖静腹部凸起来了，急坏了廖怀山两口子，廖静只得如实招来。银花与金花争吵不休，廖怀山与董占山也打起来了。两个孩子知道闯了大祸,在夜幕下跳进了深水塘。水塘面积很大,黑夜里无法打捞,这家失去了儿子,那家失去了女儿,反而院子里没有了吵闹,特别的安静。

两个孩子跳水后,生不见人,死不见尸。几周后,深水塘里出现了一对鲤鱼,人们便称此处为鲤鱼沱。都说这一对鲤鱼是那两个孩子的化身,网鱼的、钓鱼的都不到那水塘去了,任那一对鲤鱼游来游去。没过几年,这周家院子里的两家人都忧郁成疾而死,房子无人住也就垮了。

化身鲤鱼 李国凤画

不知又过了多少年,有人无意中发现一个奇怪的现象,在鲤鱼沱里,一条大鲤鱼在前面游,后面紧跟着一条略小的鲤鱼,太阳光都会躲开,不会照射在小鲤鱼身上,在下雨天,小鲤鱼游动的地方没有雨。消息传开了，周围的人都来见证这一奇迹。

时间到了 1922 年，外国传教士也听说了这一现象，去实地考证，后来不知用啥办法把这一对鲤鱼偷走了。1933 年农历七月初三，当地发生地震，形成堰塞湖，农历八月二十，一场泥石流把那鲤鱼沱填满了。

20 世纪 90 年代，都江堰还有单位用鲤鱼沱命名，建有鲤鱼沱蜂窝煤厂、鲤鱼沱水厂，但没有多少人知道真实的鲤鱼沱在什么位置，有的说在水厂那里，有的说在公园停车场旁边，其实都不是，真实的鲤鱼沱应是在伏龙观的对岸，黄家河河心之上，都江村八组那里。现如今，鲤鱼沱的故事还在代代相传。

廖家桥

　　廖家桥是灌县幸福镇民主村与永丰村之间的木桥。很久以前，受河水的阻隔，当地一户姓廖的人家在此处搭建了一座木桥，取名叫廖家桥。桥墩由木材构成，深挖栽立在河边。桥的中点用条石砌成，立在河中，四根原木分成两段，两根原木为一组，用铁抓钉固定，作为桥面，行人就可以稳稳当当地过河了。由于是木质桥，经过长期的日晒雨淋，木材易腐朽，所以，廖家桥垮了又搭，搭了又垮。如果桥没有及时修好，过桥的人就只能绕到上游翔凤桥通行。而且，廖家桥的两边没有护栏，小孩子只能由大人牵着手，才能通过。

　　后来，由于物资匮乏，农民为抢收稻谷，拆了廖家桥的两根原木做木桶，廖家桥就成了独木桥，行人在桥上提心吊胆，一不小心就会掉下去。于是，经常能看到老老少少的行人手牵着手过桥，甚至有胆小的人爬着过桥。

　　20世纪60年代，有一个姓任的老太婆从聚源到蒲阳，要通过廖家桥去永丰村。由于大河涨水，任太婆不敢过桥，路过的廖大哥看见就牵她过河，她非常感谢，问廖大哥有没有女朋友，要把侄女介绍给他，廖大哥脸一红说没有，任太婆表示此事包在她身上，廖大哥谢过任太婆。

　　任太婆回家后就到她娘家，给兄弟和兄弟媳妇说："廖家桥附近有个小伙子，年轻帅气，而且心好，大河涨水之时，牵我过河，我看这人诚实可靠，是个有担当的人。"商量之后，任太婆就把侄女叫过来，问任姑娘有没有意见，任姑娘说："听姥子的，没有意见。"几天后，任太婆带着兄弟媳妇和侄女到廖家看人来了，廖大哥看到任太婆便迎上去热情招呼，廖大哥的母亲廖大娘端茶倒水介绍说："我儿子从小明事理，虽然个子不高，但是能干活。"任太婆说："我侄女会干活，会针线，还会游泳。"廖大娘又说："我家才修房屋，手头紧啊。""哎呀，又不是图你家的钱，只要心好就行了。"新建的房外，圈里的猪儿在酣睡，狗儿摇头摆尾；新建的房内，双方决定，让廖大哥和任姑娘先相处一段时间。

　　冬去春来，廖大哥与任姑娘一起抛粮下种，插秧打谷，喂猪煮饭，端午包粽子，中秋吃麻饼，两人情投意合，感情越来越好。过了一年又一年，某天，忙完了春耕生产，双方都闲暇无事，就准备领证结婚。通知亲朋好友，邻里乡亲，借桌子端板凳，请厨子做九大碗。大喜之日，廖大哥带着几个老表一大早就接亲去了。任姑娘经过一番梳妆打扮，在亲友搀扶下出来，与廖大哥一起往廖家走去。年轻人走得快，老年人走得慢，一路走走停停，眼看要到中午，接亲的都在着急。走到廖家桥时，众人发现原本的两根原木断了一根，赶快找来一根四米多长的原木搭上去，人忙马不快，结果，找来的原木又掉落水中被冲走了，众人目瞪口呆，这时任姑娘一个箭步跳下河去捞原木。水流湍急，原木翻了几个滚就被冲走了，而任姑娘呛了几口水，随水流浮浮沉沉，最终消失在了锅底沱。听到噩耗，全家人哭得死去活来，喜事成了丧事。

时过境迁，随着河水改道，新桥修通，过廖家桥的人越来越少了。渐渐地，廖家桥就消失了。

而今，在体育场那里还有廖家桥的路牌，但原来的廖家桥在哪里又有几个人知道？它在今天的民丰社区民主小区A4的石牛沱，以及通锦路33路公交站下车处不远的地方。

石马村的由来

　　顺着老灌县的翔凤路一直走，可以到成都，翔凤路是西蜀大道的一部分，而西蜀大道是一条千年古道。翔凤路与聚源镇交界处，有一个自然村叫石马村，生活在这个村的老人都知道石马的来历，经常讲石马的故事。

　　话说在清朝时，翔凤路与聚源镇交界处住有一大户人家，男主人叫刘才厚，家底殷实，有一千多亩土地，几十间大瓦房，年收入粮食上千石，是屈指可数的大地主。但是，家丁多，家眷少。刘才厚年轻时娶了两房太太，未生育一个子女，又过了几年，机缘巧合娶了三姨太，生了个胖小子，如获至宝，刘才厚给儿子取名叫刘到福。小时候的刘到福身体结实，逞强好胜，常与周围邻居小朋友打架。被欺负的孩子有的忍气吞声，有的向刘才厚告状。听到告状，这刘才厚定会教训调皮的儿子，绝不护短。时间长了，经常被刘到福气到的刘才厚，决定找个老先生教儿子读书。然而一年过去，刘才厚发现这孩子确实不是读书的料，调皮捣蛋、贪玩好耍，做别的事情还可以，就是读书怎么也读不进去，老师戒尺打断也没用，后来老先生辞职走人了。这刘才厚想来想去，既然这孩子不想学文，就让他去学武，干脆把他送到青城山上去，拜个道士学武，主意已定，几天之后刘才厚就把刘到福送上山了。

青城山郭道长是青城派武术一代宗师，人品好且武功高强，他看这刘到福虎头虎脑，身体结实，就收下了这个徒弟。刘地主交了银子把儿子托付给郭道长。这孩子从此开始练功习武，这也正合他的意愿。在师父的严格教育下，刘到福摸爬滚打，勤学苦练，一晃就是十年。这十年，他的手脚都磨起厚厚的老茧，十八般兵器样样精通。师父也拈着胡须带着满意的微笑。徒儿满师了，举行了谢师礼，刘到福就要下山回乡了。临别时师父对他说："我有一位师弟在峨眉山，他是一位德高望重、身怀绝技的老道。他年轻时在少林寺学过武术，后来在武当山出家学武当剑，人称舍身道人。你要叫他师叔，如果有缘你可以向他学习。"谢过师父指点，刘到福收拾行李下山了。

他边走边想，如果能学到舍身道人的绝世武功，就太好了。想到这里，刘到福便没有回家，直奔峨眉山而去。

虽说青城山离峨眉山有几百里路程，但刘到福怀着学绝世武功的梦想，快马加鞭，几天就到了峨眉山。走到报国寺前，刘到福心中无比激动，到处打听师叔住哪，都说舍身道人住在金顶。从报国寺经洗象池上到金顶，还有一百多里，原以为到了，却还有那么远。年轻小伙子就是不怕累，当天就要上去。一路山高路险，虽然景色迷人，也无心去看。走了十多个小时终于到了金顶，刘到福饥肠辘辘，想找点儿食物充饥，再向他人打听舍身道人的住处。问了几个人却说很久没有见过舍身道人了，可能是上山采药去了。刘到福听到这话心凉了，大老远来见不到师叔，还是先住下来再想办法。

等了几天也不见舍身道人出现，却等来一场大雨，刘到福被雨淋到发高烧，昏倒在地，神志恍惚，迷迷糊糊中听见一个人说，这小伙子全身好烫，另一人说赶快抬进屋，放在木板上，此人又叫小道士去挖一盆稀泥敷在刘到福胸前。刘到福感觉一身凉爽，头也没那么晕了，只是口渴想喝水。这时，一位老道士将煎好的药喂进他的口中，问刘到福从哪里来到哪里去。刘到福回答完毕，老道士微微一笑，说病治好后再学功夫。原来老道士便是舍身道人，凡事果真讲个缘分，就这样，刘到福成了舍身道人的徒弟。

在舍身道人的严格教导下，刘到福学习峨眉剑法、梅花桩等。无论烈日炎炎，还是寒冬腊月，每日练功不止。他跳跃高墙身轻如燕，不知道打破多少沙袋，打烂多少树皮。为了学习十二经络穴位，刘到福用手指在墙上练，地上练，牛皮上练，以求精准点穴，同时还把峨眉剑法和武当剑法融会贯通，练得出神入化。几年间，刘到福在师父的指导下将南北腿、形意拳、内功心法全部学完了。后来刘到福拜别师父下山，走南闯北，游历名山大川，找人切磋武艺，到处会高手，好不痛快。

这一年刘到福已二十好几，武功高强，社会经验也很丰富。有一天，他听到一个好消息，大清朝廷举办全国武术大赛。刘到福听到这个消息心中又忧又喜，忧的是全国武林高手那么多，自己很可能会被打残甚至打死，喜的是万一打赢了，便名扬天下，光宗耀祖，也对得起父母的养育之恩、师父的教育之恩。思来想去，刘到福还是决定去试一试。

全国的武林高手都走向京城。刘到福独自一人行走在去京城的路上，突然被一骑马的大汉撞倒在地，大汉不但不道歉，还骂一句："你眼瞎了？找死！"刘到福很生气，说："大路朝天，各走半边！"满脸横肉的骑马大汉八字眉毛立起，眼露凶光："老子上京比武，你小子找死！"下马就给刘到福一拳，刘到福身子一闪躲过一拳头。紧接着第二拳向刘到福打来，刘到福来个夹颈别肘将大汉摔倒在地，让他动弹不得，众人纷纷围了上来，问明缘由，都说骑马的大汉无理，在众人的劝说下二人散去。骑马的大汉回家养伤，刘到福继续往京城方向走去。

一日，刘到福走到河南境内看见一路人马，打着方字镖局大旗，原来是方镖师押送一批货进京，刘到福便与方镖师结伴而行。一路走到河北境内，路边突然杀出一路人马。不好！有人劫镖。刀光剑影，拳打脚踢，只见多人倒地，鲜血直流。这刘到福从未见过这种场面，虽不是镖师，但见劫镖者杀将过来，只好迎战。混乱中，他救下了方镖头。虽然货被劫走，但方镖头仍然对他十分感激，送了他很多银两。刘到福也长了见识，学习到了一些实战经验，懂得了江湖险恶。

来到京城，到处都是高大的建筑，金碧辉煌，与乡下相比真是天上与地下，刘到福东张西望像个土包子。他找了一间客栈住下来，放下行李，先要了二斤牛肉、一壶酒，吃完后，再打个醉拳练练拳脚，热热身。

终于，武术大赛开始了。京城的擂台又高又大，周围人山人海，武师们个个摩拳擦掌，跃跃欲试。这时从紫禁城内出来一队人马，围着一顶大轿子。突然一声皇上驾到，人们纷纷跪下，高呼皇上万岁万万岁。御林军总教头黄克武黄师傅和太监总管李总管走上擂台，宣布比武开始。虎背熊腰、力大无比的河南武师黄师傅先上擂台，应战者河北武师丁关胜。只见丁关胜飞身上台，声东击西，指上打下，指下打上，丁关胜的拳头打在黄师傅的头上，砰砰砰，就像敲砂罐。打得黄师傅头破血流。几回合下来，这黄师傅倒下了，众人一齐喝彩。

　　紧接着，广东佛山的李从武又跳上擂台，打得更精彩，丁关胜拳脚相加把李从武打翻在地，又想扑上来掐喉，在这紧急关头李从武双脚回缩，来一个兔子蹬鹰，正好踹在丁关胜的胸前。只听一声惨叫，丁关胜倒在擂台上，主考官上前一看，人已经死了。高手过招，真是非死即伤，其他那么多武林高手，就不敢上台了，怕被打死。主考官提高嗓门，大声喊也无人敢上，这时四川川西坝子的刘到福上去了，只见他走上擂台，先行一个礼，台下已经起哄了，认为他肯定是个送死的。这李从武也劝他下去，说不忍心打死他，他还年轻。不管怎么劝，刘到福也不下去。主考官只得喊比武开始。李从武一拳打来，刘到福一闪躲开，李从武又连打几拳，刘到福又快速躲开，李从武抬脚狠狠踢来，却落空了，重重摔下擂台。这时台下一片欢呼，李从武站起来，跳上擂台，他面红耳赤，气急败坏，想一招就致刘到福于死地，于是寻找出击机会，在台上东转西转。当刘到福转到擂台前面时，李从武用尽力气，狠狠一击，结果，中了刘到福的诡计，原来刘到福是故意卖个破绽，当李从武用尽全身力气出击，刘到福迅速转到李从武身后用力一击，借力打力，结果李从武再次栽下擂台，头破血流咽了气。主考官宣布，刘到福胜，台下又是一阵欢呼。

最后皇上钦点，刘到福为本届武状元，赏石马一匹，黄金一百两，白银一千两。这么多年练武没有白费，对得起两位师父的教育，终于光宗耀祖名扬天下。刘到福想起多年未见的父母家人、乡里乡亲，准备回家，其他赏赐都好带走，但是这皇帝赏的石马又大又重，也不能不运回四川老家。于是，刘到福用船运石马，从京杭大运河转长江，经重庆、阆中，到达成都，再用木杆绳索，几十人轮流抬回灌县老家，前后花了几个月时间。早已等候多时的父老乡亲点燃了鞭炮，这烟花爆竹声震耳欲聋，好不热闹，两三米宽的街道被挤得水泄不通。刘家的院里院外摆满流水席，客人走一批又来一批，人来人往，热火朝天。支客司忙个不停，喊哑了声音，乐队、厨师忙得满头大汗，灶台上炊烟飘入云霄。刘才厚刘老太爷乐坏了，刘家名声大振，热闹非凡。忙碌过后，累倒了屠夫，累倒了厨师，累倒了刘家所有人。尽管眼睛困得快睁不开，刘老太爷还是盯着大清皇帝赏赐的石马，一动不动。

几日后，一家人还未从疲劳中恢复，一个媒人走了几十里，上门提亲来了。这媒人说，她有一个侄女美若天仙，赛过方圆几十里的姑娘，这刘老太爷两口子便答应下来，英雄配美女，就这么定了，再送八字，就成了。这刘到福也是非常高兴，心中暗喜上天给的福气。刘家人选了个吉日准备办喜事。过了几天，这媒人上刘家来求助，刘老太爷问明原因，原来媒婆丈夫死了，现在无依无靠，刘老太爷拿出些银两，让她回去办后事。吉日到了，刘家的人走了几十里路抬着花轿去接亲了，行了礼，姑娘告别了父母上了花轿，到了刘家，拜了天地，拜了父母，夫妻进入洞房。

可这媒人吃了喜酒不走了，赖在刘家，因为她已经无依无靠，又是刘老太爷儿媳的姑母，于是，刘老太爷就在西蜀大道旁边修了十间房，取名叫石马店，送给媒人开茶馆，石马就放在茶馆供人观赏。

这媒人在石马店开茶馆，没有房租，无本起利，西蜀大道上人来人往，生意自然好，一年下来赚了不少银子。几年过后，茶馆生意越发的好了。这时刘到福的儿子也几岁了，该上学了，可是这孩子进了学校又不读书，贪玩好耍。刘老太爷心疼孙子，打又打不得，骂也骂不得。又过几年，刘老太爷两口子死了，这媒人的生意做得更大了，开起麻将馆，贩起鸦片烟了，刚开始遮遮掩掩，后来明目张胆，给当地官员交点儿保护费，没人敢说。又几年过去，当地的、过路的都在抽鸦片烟。又赌博又抽鸦片烟，败光家产、家破人亡的不在少数。抽鸦片烟成瘾，不抽没有精神，像个死人，抽了就有精神，很多人借钱都要抽。这刘到福自从刘老太爷两口子去世后，要经管家业，也就少管儿子，这儿子也开始抽鸦片烟，后来上瘾了，但刘家有钱无所谓。你看那讽刺借钱抽鸦片烟的对联说："五百两烟泥，赊来手里，价廉货净，喜洋洋兴趣无穷，看粤夸黑土，楚重红瓢，黔尚青山，滇崇白水，估成辨色，何妨清客闲评；趁火旺炉燃，煮就了鱼泡蟹眼，正更长夜永，安排些雪藕冰桃，莫辜负四棱响斗，万字香盘，九节老枪，三镶玉嘴。数千金家产，却忘却心头，瘾发神疲，叹滚滚钱财何用，想品类巴菰，膏珍福寿，种传罂粟，花号芙蓉，横枕开灯，足尽平生乐事，尽朝吹暮吸，哪管他日烈风寒，纵妻怨儿啼，都装作天聋地哑，只剩下几寸囚毛，半抽肩膀，两行清涕，一副枯骸。"

又过了多年，这刘到福的儿子始终好吃懒做，抽烟打牌，从早到晚不离桌子。刘到福有武功，但是就这一个儿子，不能打，打死就没有后人，只得想办法让他成家，看能不能改邪归正，做点儿正事，话放出去，有人上门提亲，顺利完婚。可是婚后儿子照样不做事，这儿媳也是看上刘家的田产，也是什么都不做，两个配得齐，都懒。这刘到福虽说是习武之人，身体好，但最后气得生病，不久就死了，刘到福的儿子儿媳两口子更没有人管，天天耍。没有钱花，就卖田。又过了多年，两口子生了个儿子，刘到福的儿子还是什么都不做。最后田卖完了，开始卖房子。当刘到福的孙子长大了，房子就差不多卖完了，那媒人也死了，愤怒的民众上报官府，媒人积攒的金银也被官府没收充公。石马店，这害人的麻将馆也关门了。没有了生活来源，刘到福的孙子只得在石马店打草鞋卖。这刘家哪里还有当年的辉煌，只剩下当年皇帝御赐的石马。真是富不过三代，那石马也被厚厚的污垢覆盖，看来石马都跟着倒霉了。后来，这刘家便消失了。

民国时期，石马搬到了崇义大银杏，又叫大白果树那里。20世纪80年代，聚源镇修导江电站，石马被埋在地基下。

如今，只有石马店的故事还在流传，犹如西蜀大道上的历史痕迹。俗话说：挣家犹如针挑土，败家犹如水推沙。石马村的石马见证了刘家几代人的兴旺与衰败。

石牛沱的传说

　　小时候，我家院子东边有一条蜿蜒的河，经过翔凤桥、廖家桥，向东流去。在河的拐弯回水处，水深浪缓，老年人说有一头石牛藏卧在水中，人们就叫这里"石牛沱"。

　　据村里老人们讲，在很久很久以前，这里住着一户人家，主人姓牛，排行老大，村里人都叫他牛大爷，妻子秦氏，膝下无子女。老两口种了三十亩地，养有一头水牛，日出而作，日落而息。这牛大爷老实本分，心地善良，地里种的庄稼收成好，日子过得倒也平静。粮食多了又吃不完，牛大爷就把粮食分给村里缺粮的人，当地人都叫他"牛善人"。

　　那一年，牛大爷的牛怀孕了，别人家的牛怀孕几个月就生了，他家的牛两年了都还没有动静，众人都说怀的是怪胎。终于有一天，这牛生了一头小牛，说也奇怪，这头小牛生下来，先向东西南北拜了四拜，然后才站起来。初生牛犊十分可爱，可母牛生下小牛就死了，小牛没有奶喝，急坏了牛大爷，他到处找牛奶将小牛养大。说也奇怪，这小牛长大后力大无穷，它耕完自家三十亩地后，还要帮别人家耕田。更神奇的是村里有个小孩掉在水沟里淹死了，人们把小孩放在这头牛的牛背上，过不多时，这小孩就吐出很多水，吐完他便苏醒过来，活蹦乱跳的了。村里的人有点儿头疼脑热的，摸一摸牛就好了，从此摸牛的人络绎不绝，这头牛也被传为神牛。一传十，十传百，神牛的事就传开了，后来传到外村的恶霸耳朵里，此人心狠手辣。在一个深夜，恶霸闯入牛家抢牛，杀死了牛大爷老两口，这时神牛向恶霸狠狠撞去，恶霸便被撞死了。从此这神牛就失踪了，有人说神牛因愤怒而亡了。

不知过了多少年，李冰治水疏通河道时，发现了一头石牛。当地人议论纷纷，认为这就是当年的神牛化成的。石牛对水产生了阻力，经过多年河水的冲刷，石牛周围的沙石被掏空，石牛就往下沉形成了"石牛沱"。

据说，这石牛沱在河水断流时仍然有很深的积水，偶遇河水平静时，便能看到石牛口含一颗闪闪发光的宝珠，后来有人潜入水中把宝珠偷走了，自此石牛沱的水就混浊了，再也看不见水里可爱的石牛了。

五十多年前的一个冬季，干旱异常，当地人用水量大，石牛沱就越来越浅，整头石牛便露了出来。它看起来与一般的水牛一样大，头部向东，尾部朝西，四条腿站在水里，就像一头真牛，其态"环视四方，尽窥奥义"。

有一次，少年时的我向石牛沱深水处走去，水淹过了我的前胸，淹过了双肩，我激动地喊："我的脚踩到牛背了！"对，就是传说中的石牛！当晚做梦，石牛对我说，好好读书，将来做对社会有用的人。我牢记石牛的话，学石牛精神。以正其身，身正行正，"勿以恶小而为之，勿以善小而不为"，从此我立志学医，经常做好人好事。

1971年，农业学大寨，沟端，路直，树成行，发展农业、兴修水利，在我家西南方开了一条河——柏木河。从此石牛沱那条古老的河就失去了功能，被废弃了，填上泥土种上庄稼，但还保留着河的痕迹，还能找到石牛的具体位置。怀着对石牛的眷恋，我有时还要到石牛沱那里走一走，看一看。

2008年的一个晚上，我又梦见了石牛，它眼中流露出淡淡的哀伤，深深看了我一眼，发出哞哞的叫声，转身离去。醒来后，我百思不得其解，根据少年时的梦，我猜测石牛还是来督促我学习的。将梦告诉我的爱人雷医生，她笑了笑说：做梦可能是日有所思，夜有所梦，也可能是没有休息好。

几个月之后的5月12日，吃过午饭，地下轰隆隆在响。地震来了，一定有人员伤亡，我第一反应就是救治伤员，送医送药，动员大家一起，抗震救灾，当天我与各位同人就为聚集在李冰广场的灾民送去四百多人吃的饭菜。后来我在民主家园板房医务室继续为灾民免费治病,践行石牛精神,救死扶伤。2009 年,我被评为幸福镇抗震救灾先进个人,之后又被都江堰市人民政府授予抗震救灾及灾后防疫先进个人。

一天,我又梦见石牛。它似乎在向我告别,我想拉住它,却没拉住,摔倒了,我便醒了。

后来,在党和政府的领导下,我们重建家园,规划立项,修建房屋安置灾民,我们村拆迁了。在推土机巨大的轰鸣声中,高埂土丘、废弃沟河被夷为平地,石牛沱彻底消失了。一栋栋高楼盖起来了,一条条宽阔的公路上车来车往,昔日我家所在的村现在叫民丰社区,村民住进高楼,百姓安居乐业。

今天,我们顺着翔凤路,过了安居路、银丰路,便走到了花鸟市场所在的石牛路。看到这石牛路的路牌,就想起童年的石牛沱,那时我在石牛沱摸鱼,还被黄辣丁扎伤过小手。神奇的石牛沱,石牛的故事我们永远铭记在心,石牛的精神永远鼓舞着我们,世代相传下去。

家乡的柏木河

　　水是生命之源，水利是农业的命脉。李冰早在两千多年前就凿开宝瓶口，引水灌溉巴蜀大地，自此，天府之国粮食满仓。而今，水利对工农业生产、国民经济，依然起着重要的作用。

　　我家现住都江堰永丰街道民丰社区民主小区，原灌县幸福公社十六大队九生产队。20世纪70年代初，工业学大庆，农业学大寨，沟端，路直，树成行。发展农业，兴修水利，提高粮食产量，为国家多交公粮。因农业灌溉需要，要在我家西南方开条小河。

　　1971年，在灌县人民政府的领导下设计、施工，修了一条新河叫柏木河，它从走马河五斗口节制闸处起源，一直修到郫县（今郫都区）唐昌镇。当年在选址时，施工设计人员带上水平仪、标杆，三点成一线，一路步行测量，遇到农民的房屋遮挡视线，技术人员就搭木梯站在房屋的屋脊上测量数据。为适应农业灌溉需要，几次修改，最终决定在我家院前修这条小河。

这年冬季，灌县各公社、大队、生产队组织农民，来工地挖泥土、搬石头，堆在新河的两岸。新河两岸插着红旗，迎风飘扬，远远看去，是一条亮丽的风景线。人们唱着歌，聊着天，担着沉重的担子，面带笑容，这些场景，深深刻在我的脑海里。干活的农民，没有工钱，自带伙食、工具，还如此热情高涨，我也被他们的精神所感动。当年，我在十六大队贾公祠小学读一年级，放学后，我就去帮着搬泥土石头，认识或不认识的人都夸我是个好娃娃，一个白胡子大爷说我是共产主义接班人，得表扬的心情是如此愉快，我继续帮他们挑土，挑到心跳加速，出一身汗，才回家休息。那时，人人都在为建设新中国做贡献，为实现共产主义而奋斗，"顶风冒雨开新河，新河连着中南海，心中想念毛主席"。

当新河修到农民的房屋前，为了给新河让道，农民自己主动搬迁，几间茅草房，几十个小伙子，四个人抬一根柱子，一、二、三，一声号令，房屋就整体迁移了。一条几十里长的小河，几个月便完工了。终于，走马河五斗口节制闸开闸放水了，清澈的河水奔流而下，孩子们快乐地捡土块打水脑壳，小河两岸的人们欢欣鼓舞，老大爷理着胡须笑容满面，盼望来年水稻有个好收成。小河的上段修建了一座800千瓦的幸福水电站，给农村的夜晚带来光明。为了将来水土不流失，河边种下了许多小树苗。小河两岸的人们在河里挑水煮饭，用河水灌溉大片农田。

新修好的柏木河把西蜀大道切断了，去十六大队贾公祠小学读书的小学生要绕道去上学，九生产队农民种庄稼，也要绕道，于是，生产队紧急砍树搭木桥。

几年过去，木桥腐朽了，生产队请来水电局的殷工程师，在他的指导下生产队买来水泥钢筋，为节约资金，就地取材，用河里的沙子、石头。经过大家的努力，一座水泥浇筑的桥建好了，坚固耐用。

柏木河经过几次维护，现在河堤是用水泥砌筑而成，清澈透明的河水从民丰社区穿过，岸边是高耸的居民楼。而今，我们的生活更加美好。

龙兴寺的垮塌

　　龙兴寺的塔子垮了，那是 1975 年的事情，四面八方的人都去看热闹。听说是一个姓郭的疯女人，站在龙兴寺半边塔子的顶端，用手敲掉一个个砖石。此人在高处，消防员无法上去，只得任由她去拆。半边塔子悬空，她是如何登上塔顶的？始终是个谜，在郭疯子拆塔子之前，也有人爬上去，结果掉下来摔死了。

　　都说，拆庙拆塔的人不死都要疯，砍古树的人更会短命。这郭疯子，天不怕，地不怕，为什么要去拆塔？难道郭疯子与这龙兴寺的塔子有深仇大恨？龙兴寺的这座古塔建于东晋时期，至今已有一千七百多年的历史。据说，一千多年前，塔子的周围还有七口水井，井的旁边有一个私塾。一个学生无意中发现一个秘密，子时和午时，龙兴寺塔顶会有一个红色宝珠滚到其中一口井的井底，稍作停留，再返回塔顶，一天一口井，每七天一个循环。

龙兴寺

　　之后，很多人知道了这个秘密，私塾里的两个先生打算将宝珠偷出来，献给皇帝，必能得到丰厚的赏赐。于是，一天子时，一个先生放哨，一个先生用红布封住井口，轻易就得到了宝珠。

得到宝珠后，二人天不亮就收拾好行李带上宝珠出发去京城。走了几天来到乐山坐船，这时天上突然乌云密布，电闪雷鸣，半边塔子从天而降，砸在船上。坐船的人无一幸免，包括那两个先生，而宝珠也不知所终。

龙兴寺这边，私塾的先生失踪几天了，众人正在寻找，突然发现龙兴寺的塔子成了半边，还有半边不翼而飞。

传言，当时有人梦到过那两个失踪的先生，俩人说他们死得冤，宝珠本来就是要进贡给皇帝的，并不是想占为己有，两个先生还发誓变成疯子也要拆了这龙兴寺的塔。

以上都是当地老年人讲的故事，纯属虚构，只作趣闻笑谈。1949年，刘文辉、邓锡侯、潘文华率部起义，官兵们就住在龙兴寺，县长刘杜不同意起义，后被枪决，四川和平解放。

后来，在彭州市政府的领导下，龙兴寺于1994年重建，重建后的主塔高81米，俯瞰丹景山、天台山、白鹿风情小镇、大唐牡丹园，是游玩的好去处。

鬼医生

四川成都都江堰青城山上有一座药王庙，庙中供奉着药王孙思邈，他的一生写了很多医学著作，如《千金要方》《千金翼方》等，其中，出自《千金要方》第一卷的论述医德的文献《大医精诚》，被誉为"东方的希波克拉底誓言"。作为一名优秀的医生，不光要有精湛的医疗技术，更要拥有良好的医德，救死扶伤，仁心仁术，发大慈恻隐之心，救含灵之苦，如此可做苍生大医，反之则是含灵巨贼。由此看来，学医先学德。

古时，有一个军医叫刘涓子。一天，刘涓子在打猎的时候看见一个似人非人的怪物，一箭射去，那怪物如一阵风逃去。当刘涓子追上它时，发现又有三个似人非人的怪物为它治疗箭伤。刘涓子心想，这深山密林中哪来的人家，肯定是遇到鬼了，于是大喝："吃我一箭！"几个怪物瞬间便消失得无影无踪。刘涓子在地上四处寻找，找到了一本医书，几年后经过鉴定这是一本外科奇书，取名为《刘涓子鬼遗方》。这本奇书在民间通过千年的抄写流传至今。鬼是否存在，不得而知，然鬼尚且都有医者心，更何况人乎？

都江堰西蜀大道翔凤路，有个陈家院子，陈大爷带着几个儿子去看秧田，看见一棵大树枝繁叶茂，影响水稻的生长。于是，就回家拿来木梯和砍刀，爬上树砍去树枝。这时，一个周姓医生正好路过看见了，他边走边念听不清的咒语，消失在这西蜀大道上。

陈大爷砍着树枝，突然一声惨叫从树上落下，站不起来，大腿鲜血直流，痛得面色苍白，一看，骨折了。这时过路的人说："刚才那周医生肯定是在使坏，快去找他。"陈大爷的大儿子急忙向聚源镇跑去，到了聚源镇，问了几个人，才找到周医生，他正在茶馆喝茶。周医生衣衫破烂，手里拿着一个木偶，像个叫花子。人们都说，医生裹绸穿缎，采药人巾巾片片。陈大爷的大儿子心生疑惑，但仍说明来意，求周医生救陈大爷性命。周医生喝着茶，傲慢地说："我有祖传秘方，专治各种跌打损伤疑难杂症，药到病除。"陈家大儿子说："那烦请老师上门来，医我家大爷的病。"周医生慢条斯理地说："不急，明天再说。"陈家大儿子急了，说："我家大爷还在流血！"周医生说："我叫他马上就不出血，不疼了。"陈家大儿子半信半疑，只好回去等明天周医生的到来。

回到家，陈大爷果然已经不疼不流血了，躺在床上。床边围满亲朋好友，七嘴八舌议论着，好好的人受伤成这个样子，该如何是好？

鬼医生　张法画

　　另一边，等陈家大儿子走后，周医生就四处打听陈家的家庭情况。有人告诉他，陈家住在西蜀大道翔凤路，是湖广填四川的移民，一家有八口人，租有二十亩薄田，要向地主交租。陈大爷是盖房匠，农闲时为他人盖房子，挣点儿小钱贴补家用，但生活仍然十分困难。当周医生了解到这些情况后，哀叹一声，整到个穷鬼。

　　第二天，陈家人一早起来，就围着受伤的陈大爷，期盼着周医生的到来，从早上等到下午，他们一家人没有一点儿怨言，为什么？他们生怕周医生从中使坏。傍晚，周医生才如老牛拉破车般慢慢腾腾地来到陈大爷家。周医生看了看陈大爷腿上的伤口，用刀子切开腿上的肌肉，取出粉碎的骨头，然后用自带的胫骨安在腿上缝合，又给了陈家一个药方，在索要了八石米钱当出诊费后，便告辞了。陈大爷连着用了几天药后，伤口便不红不肿了，两三个月后陈大爷就可以下地干活了。据说周医生用完了陈家八石米钱，又到别的地方"治病"去了。

　　新中国成立后，医疗卫生工作的重点放到了农村，培养赤脚医生，村卫生站工作人员手把手教农民防治疾病，积极开展爱国卫生运动。如果有人生病了，在卫生站、医院治疗只要几分钱，贫下中农还能得到免费治疗。

　　"翻身不忘毛主席，幸福不忘共产党"，新旧社会两重天！

何瓜瓜的传说

　　在古代，人到青春发育期后，天癸已至，都会结婚生子，传宗接代，如果成年后不结婚，就会被人说生理有缺陷。若是哪家儿媳结婚多年后不怀孕生子，肯定就有人在背后说闲话。天地万物，生命都会延续下去，故《易传·系辞传》说："天地氤氲，万物化醇""男女构精，万物化生"。指阴阳二气化育天地万物。

　　话说清朝光绪年间，西蜀大道翔凤路下段有一姓何的人家，何老爷的媳妇何王氏生了个儿子，可能是乡下接生条件差，也可能是长时间生不下来，缺氧，又可能是其他原因，这孩子生下来皮肤青紫，不哭不闹。几个月后，家人发现这娃儿傻乎乎的，就取名何瓜瓜。傻子何瓜瓜给这家人带来傻福，自从有了这孩子，何家就富裕起来，做生意赚大钱，粮食年年增产。这何家省吃俭用通过十几年的打拼之后，买了四百多亩良田。这何瓜瓜也长大了，该谈婚事了。但谁家姑娘愿意嫁给他呢，他不只是傻，模样也不好，身材又矮又胖，圆圆的大脑袋，两眼间距宽，鼻子又塌，口水往下巴流，胸前天天挂块毛巾，吸收流下来的口水。舌头大，说话吐字不清，别人不知他在说啥，只有他父母才听得懂他的话。又一晃，何瓜瓜二十岁了，虽然家庭条件好可还是没有人愿意嫁给他，何瓜瓜的父母很着急，这家业靠谁继承？这瓜瓜怎么传宗接代？于是，何家放话出去，谁愿意嫁给何瓜瓜，就送两百亩田地，消息很快就传开了。

　　几十里之外有一户张姓人家，听到这消息就托媒人来提亲，这媒婆也是见钱眼开，要了银子才肯跑腿，拿到好处媒婆就直奔何家而来。父母之命，媒妁之言，双方交换八字，这门亲事就算定了。谁知，这张家姑娘听说要将自己嫁给何瓜瓜，誓死不从，大骂父母贪财，把女儿推进火坑。这张老头也大发脾气，都是为了你好，何家有钱，嫁过去就衣食无忧，你还想要啥？随即把姑娘关起来，起初只听见哭声，后来就没有了声音，第二天一看，姑娘上吊自尽了，这下张家人财两空追悔莫及。

何瓜瓜的传说　张法画

　　时间又过了两年，人们逐渐淡忘了此事。要说婚姻大事
也是三生石上前世所修，也许这何家勤劳致富挣的不是黑心
钱，苍天终究没有亏待他们。一天，何家门外来了一家三口，
他们是从安岳县逃荒要饭的张氏夫妇及女儿张翠花。这家人

实在是走不动路了，坐在路边的石板上，看见这不远处的何家院子，抱着一线希望去要饭。张老头端着碗，提着米口袋，走到何家大门，咚咚咚敲了几下，门口的小黄狗叫个不停。何老爷还以为是客人来了，高高兴兴去开门，人都没看清楚，就听到："求求你行行好！我们一家人三天没吃饭了，实在没办法。"何老爷首先看到的是张老头身后穿着破烂的张翠花姑娘，她个子高，人消瘦，但五官端庄，模样不错。何老爷忙说："好说，好说，先到厨房坐下，我马上安排人煮饭。"转头催促何王氏去取腊肉，还要多煮点儿饭，再让何瓜瓜去地里扯几个萝卜好煮腊肉。何老爷陪张老头聊天，了解了他们家乡天旱受灾的情况，又派人去灌县县城买布料给他们做衣服。张姑娘换洗更衣后简直太漂亮了。何老爷热情地邀请张老头一家人住下，张家人不知如何是好，就下田帮助干农活。

这何瓜瓜看见张姑娘后，就动心了，天天跟在张姑娘身后哇哇叫，虽然别人不知道他在叫啥，但何王氏心里明白。张姑娘也明白，小脸羞红了，起初心里还是有点儿不情愿，但想到自己是落难之人，何家收留感恩不尽，还是同意了。

消息很快就传开了，何家要娶儿媳妇了，何瓜瓜要结婚了！安一个媒人，找一个先生算算，择个良辰吉日，子丑寅卯，今天就好。左邻右舍，借高桌子长板凳，摆几十桌。张大爷里边请，王大爷里边请，恭喜恭喜，同喜同喜！送礼的收礼的，一一道谢，烟花爆竹声声震耳，九大碗摆上桌，新娘子新郎官，一拜天地，二拜高堂，夫妻对拜，送入洞房，何瓜瓜流着口水哈哈笑。新娘在房里待着，何老爷何瓜瓜向客人依次敬酒，酒过三巡客人们一一散去。

夜晚，该就寝了，何瓜瓜却总是站在外面，不敢进屋去，何王氏就将何瓜瓜推进去把房门反锁了。这婚床很大，前面是踏脚凳，两头还有椅子，可以坐下来喝茶，后面就是睡觉的地方了。新娘子睡在床上，何瓜瓜不敢上床，说："我就在踏脚凳上蜷着睡了哈。"新媳妇也不敢喊何瓜瓜上床，俩人就这么奇奇怪怪，床上床下，睡着了。屋外，何王氏还是不放心，在屋檐下偷听着屋里的动静，一动不动。夜深了，睡不着的新媳妇怕何瓜瓜冷，就把床上的铺盖轻轻放下来，这时何瓜瓜突然大喊大叫起来："客、客，你的铺盖掉下来了！你的铺盖掉下来了！"这声音何王氏听得一清二楚，她知道了，儿子睡在踏脚凳上，就把门锁打开，点燃清油灯，将儿子拎到床上去，说，新媳妇还在等他，何瓜瓜口水掉下来了，新媳妇说："你好烦。"然后拿草纸来揩了。

后来何瓜瓜有了两个又帅又聪明的儿子，两个孩子读书时成绩好，民国时期一个在成都做官，一个在陕西做官，家里就卖了田地搬迁了，没有人知道他们一家人后来的情况。茶馆、幺店子闲来无事的人们偶尔还要提起：客、客，你的铺盖掉下来了，成为乡下的笑谈。

李豆花

　　民国时期，灌县县城东门有个年轻漂亮的寡妇，以卖豆花为生，人们都称她李豆花。她雇了一个帮工给她推石磨，生意特别好，门庭若市。

　　老老实实的人，买好豆花就走了，那些调皮捣蛋的小伙子，在买豆花的时候，故意冲李豆花做个鬼脸装怪，有的壮年汉子在给钱时，趁机掐一下李豆花的手心，过个干瘾才走，还有些老头子，买豆花的时候嬉皮笑脸，没个正形。李豆花只是翻起白眼，一本正经地瞪他们一眼，然后就去招呼过往的客人。

　　生意好，上午忙得不可开交，下午就清闲，街上的行人逐渐减少，这时候警察王队长带人开始巡逻，维护治安。邻居张大爷在李豆花铺位前，用屁股在柱子上蹭几下挠痒痒，转头对王队长说："这，紧擦紧痒。"王队长听了笑一笑，心想：想骂老子警察紧咬？这时，一条黄狗跑过来，李豆花唤狗说："狗都不吃屎，要吃饭，警察身上穿黄色制服，对上号了。"

过了一段时间，巡逻的警察都换成了黑色的制服，王队长巡逻又经过李豆花那儿。这时，一条黑狗跑来，人们常说：猪来穷狗来富。李豆花急忙呼唤，黑狗叫着跑过来，邻居张大爷又说："黄狗今天变成黑狗了。"王队长怒气冲冲走过去，看着李豆花和张大爷，心里恨得咬牙切齿，却一句话也不说。

过了两天，李豆花没开铺子，人去哪儿了？她去找县太爷，击鼓鸣冤告状。一个抹花脸的男人闯进她家，把她害了。那人欺负了李豆花，还笑着说，下次还要来。听说那天晚上，邻居张大爷也挨了一棒，被人打晕了。李豆花求县太爷做主，县太爷说："知道了，请师爷来分析这个案子。"师爷捋捋胡须说："嫌疑人可能是熟人，抹花脸是怕被认出。""嗯，言之有理。"于是，县太爷派三个警察到李豆花家，埋伏在家里等候，一个警察说："等有了证据我们才好抓人。"

等到半夜，一个人影破门而入，把李豆花堵在墙角，说一声："我好想你！"这人声音好熟悉，警察听见了，却不敢说出声，明白这是王队长。等完事后，人都跑了，三个警察才爬起来去追。

李豆花明白了，原来他们是一伙的，越想心里越气，第二天早上又去击鼓鸣冤。这时候县太爷、师爷、警察王队长出现了，他们面面相觑。县太爷发话："李豆花击鼓鸣冤因何事？""听口音好像是王队长欺负我。""大堂之上，队长你可有话说？""我没有干过这事啊！"这时候师爷给县大老爷出主意，叫屠夫和医生过来，说都是年轻漂亮惹的祸，把这骚妇脸刮花了。医生的手术刀在李豆花面前晃来晃去，李豆花用尽全身力气，不停挣扎拼命反抗。屠夫和医生两个人，按了半天就是按不住李豆花。这时县太爷又发话："你这少妇无理取闹，屠夫与医生都按不住你，队长怎么能欺负你？再说，这事传出去对你影响不好，将来你如何面对顾客？我都是为你好，才派警察来巡逻。"李豆花想了想，说："以后，千万不要让王队长到我铺子上来巡逻！"县大老爷说："嗯，这我知道。"于是，县太爷将王队长派到茂县出差。

街道上又恢复了往日的宁静，就像什么事也没有发生过。一年后，王队长又回来当警察，在结冰的路上巡逻，不小心摔倒在地，胫骨骨折，治愈后成了跛子。不久，县太爷受风寒引起面瘫。师爷则中风，再无法说话。俗话说：恶有恶报，善有善报，不是不报，时候未到。李豆花后来与帮工结婚，生了一个儿子，生意兴隆，一家人生活幸福。

名医李二先生

清朝时期，灌县蒲阳出了一个怪才郎中，姓李，排行老二。他花白胡须，戴一副金丝眼镜，身穿长衫，医学知识渊博，性格开朗，幽默风趣。若遇业内人士，他就大谈《黄帝内经》《伤寒杂病论》；若遇传道授业的师长，他会吟诵经文，滔滔不绝。所以，当地人都叫他李二先生。

有一天，桂花场的王石来到蒲阳李二先生的诊所，找李二先生治病。王石自述胸闷、嗳气、口苦、肋痛，已有两年，四处求医问药无效，现听别人介绍李二先生医术高明，特意前来治疗。

李二先生看向王石，见他面黄肌瘦，精神不振，无精打采的样子，走起路来步履蹒跚，像是两天没有吃饭。他叫王石坐下，闻其口腔无异味，摸着其胸腹，问道："哪个部位痛？"王石说："上边、右边都痛。两年前因家庭矛盾，我与大嫂子吵过架。大嫂五大三粗，横眉竖眼。我身体弱，不是大嫂对手，吃了亏，自那之后，胸肋痛，两年来四处求医问药，未见好转。"

名医李二先生　张法画

李二先生将手搭在王石的手腕上，凭脉许久，叹息一声对王石说："你这是月经不调。"王石一下子满脸通红，又看看李二先生严肃认真的样子，不像在逗他，一时说不出话，心想我是小伙子，怎么可能这样？幸好旁边没有人听见。毕竟病人要听医生的话，王石也没言语。接着，李二先生给王石开了三服中药，王石付了钱，道谢离去。

王石手提中药走在路上，邻村的刘武远远看见，问他："你怎么提那么多中药，得了什么病吗？"王石不想告知其原因，边走边推脱："我不给你说，我不给你说。""哈哈！你心里有鬼，不说算了。"王石不理他，只顾继续走在回家的路上，一会儿又遇到同村子的郑三妹。郑三妹问："听说你生病很久，怎么回事？手里提那么多药，究竟得的是什么病？"王石在郑三妹面前很是老实，随口就说："郎中说我得了月经病。""哈哈哈！"郑三妹听罢，立刻笑弯了腰，"你小伙子得月经病？这真就怪了！""就是那个蒲阳的郎中李二先生给我看的病啊！""可能是李二先生平时爱开玩笑，故意瞎说的，或者把你的病诊断错了？""不可能！他给我看病的时候，仔仔细细地检查，严肃认真说的。"郑三妹抿嘴一笑，走了。

王石性子急，红着脸走到自家院子。二嫂上前打招呼："你今天去找蒲阳的李二先生，他怎么说的？看你脸色红润，是不是有喜事了？"王石不好意思地说："李二先生说我的病是月经不调，碰巧遇到郑三妹，我给她说了，她把我笑惨了。""这两年，你四处医治无效，我看先把李二先生的药吃了再说，假如有效，你就继续吃，如若无效，就不要吃了。"

回到家里，王石先打开一服中药，生火烧水煎汤，当天就服用三次。郑三妹心直口快，到处传播。第二天，当地就传开了王石得的是月经不调，而且是蒲阳的名医李二先生诊断的，大小伙子得月经病，简直让人笑掉大牙。

王石一出门，就有人故意问他："你得了什么病啊？"王石皮笑肉不笑："嗯哼，月经不调。"一晃就过了半个月，有的人同情王石，有的人还在拿王石取乐。

时间就这样一天天过去，王石的胸肋痛渐渐消失，胸闷、嗳气、口苦竟然都没有了，精神也好了起来。

之前那些给王石看过病的郎中，也都感到惊讶：这小伙子难道真得了月经病？几个郎中百思不得其解，打开各自的书柜，把古代的医书翻来翻去阅读研究，最终还是找不到答案。于是，皮郎中、张郎中等相约到蒲阳，向李二先生请教。李二先生告诉他们："解铃还须系铃人，心病还须心药治。王石得的是心病，忧郁成疾，用逍遥丸加减治疗，可取事半功倍的效果。我说他王石得了月经病，是善意的谎言，为的是打开他的心结。俗话说笑一笑十年少，诸症皆消啊！"众郎中笑道："原来如此，受教了受教了。"

老百姓在民间也是以讹传讹，把王石得的月经病传得煞有其事，一时间，彭县丰乐、磁丰、庆兴，灌县的向峨、金马场的人都在争相传说王石得了月经病。还有传得更离谱的，灌县桂花场有个小伙子来月经了，还不幸得了月经病，是真的哈！

人见稀奇是必定寿缘长，牛吃竹笋屙背篼。本来是李二先生为了给王石治病，编造的善意的谎言，却以假乱真，成了当时当地的一个笑谈。

廖大军结婚

　　20 世纪六七十年代，在农村有句俗话：只要小伙子长得标，哪怕你每顿吃犒犒。意思是说：小伙子只要你长得帅气，哪怕没得饭吃，小妹子宁愿饿肚子都愿意嫁给你。如果小伙子不帅呢？那你家就要有"三转一响"，即自行车、缝纫机、手表、收音机，这一定是家里有人在工厂或在政府上班。在计划经济时代，能买到这些商品不但要有钱，而且还要有工资券，就是领工资的凭证，没有这些就不行，漂亮姑娘不会嫁给你。那个时候物资紧缺，买布要有布票，买粮食要粮票，买肉要肉票，等等。还有一句俗话："嫁给工人票子长，嫁给农民晒太阳，嫁给解放军穿花衣裳。"那个年代家里有人参军，全家都光荣。如果不帅、没钱，又没有"三转一响"的，但想找女朋友怎么办呢？那就只有靠熟人介绍，且介绍的都不是当地姑娘。那个年代，人们都很辛苦，有一首打油诗为证："东方未白就起床，年年辛苦月月忙。早上出工听敲钟，迟到又因儿拖娘。耕地种田粪如金，庄稼未熟叶先黄。贫下中农缺粮食，裤带收紧贴肚肠。神仙难过拐子月，家家户户闹饥荒。但闻远处回锅肉，大汉木呆口水长。"

灌县幸福公社二十大队三生产队，有廖大军一家四口人，他的父母已经五十岁了，妹妹二十岁。一家人天天在生产队出工挣工分，每年10月30号结算年终收入只有几十元，在大队的供应点买日常用品，再到供销社买布制衣服，钱就花完了。二十五岁的廖大军在那个时代算大龄，俗话说："人到二十五衣烂无人补，要想有人补再等二十五。"由于还没有讨到老婆，廖大军做起事来懒懒散散的，对所有事都抱着无所谓的态度。一家人住的是在木头柱子上盖的草房，上半部分是用竹子编的篾笆，下半部分是石头砌的墙，有的地方狗都能钻过去。一年四季缺衣少穿的，每年冬天，脚趾都生冻疮。

廖家每年到二三月就缺粮了，经熟人介绍，才能到虹口山上去借粮食，第二年分到粮食再拿去还，就这样年年借，年年还，借的太多了无法归还，他的妹妹就嫁给人家做媳妇。廖大军家里又缺粮又缺钱，房子又破，父母为他的婚事操了不少心。

附近有个姓雷的媒婆，比较有名气，因为眼睛不好，都叫她雷瞎婆。这雷瞎婆有自己的一套做事风格。有一天，雷瞎婆听见前面有两姐妹在说话，就加快脚步追上去撞到人家，嘴上还说着："你看我这老婆子太不小心了，对不起啊。"然后自然而然地问："姑娘你姓什么，叫什么名字，多大了，家住哪里？没有男朋友？正好，我把你介绍给我们那的廖大军，二十多岁，人也老实，条件好，一家四口人，生产队挣工分，是收入户，不是超支户，选个日子，我带你去看人，你们现在住哪里？到时联系。"与姑娘分开后，雷瞎婆就奔廖大军家去，找到廖大娘说："听说廖大军没有女朋友，我就上门来给他介绍一个。"廖大娘家人非常高兴。眼看春节又要到了，家里又这么贫寒，得想想办法，打肿脸也要充胖子。约定好了看人时间，卫生打扫干净，隔壁邻居借两床铺盖床上摆起，廖大娘又到虹口山上亲家那里找到女儿，说："你哥哥要看女朋友，我来拿几块腊肉招待客人，你也该给你哥扎起。"一切准备巴适，就等女方来看人。姑娘乐至县人，是几里之外另一个生产队王家媳妇的妹妹，叫李英。这天，李英姑娘在家人的带领下与雷瞎婆一起来到廖家，客人到了，拿烟，倒茶烧开水忙个不停，一行人东看西看，觉得这家人还可以，这事能成，这廖家的妹妹和李英拉家常，谈得很开心。院子外又有人喊："廖大爷，我给你还谷子来了。"邻居张家又说："廖大爷，我给你还钱来了。"当着客人家的面，又是钱又是粮，多有面子！下午饭吃了，双方也没意见了。饭后，客人们就走了。恰逢农闲，李英姑娘便留下来耍几天。晚上李英独自一人住一个房间，关起门来，听收音机，《沙家浜》《红灯记》，不知不觉睡着了，到半夜听见咚的一声，吓醒了，床边站一个人。"谁？""是我，廖大军。""谁叫你来的？""妈妈叫我翻尖壁过来的。"边说边上了床，掀开被盖就抱着睡。

这女娃怀孕了，就在廖家做点儿家务事。几个月过去，米眼看就要吃光了，廖大军你得要想办法呀，这房檐的秸秆也要没有了，这柴米油盐缺一样都不行，没得办法。这天廖大军早早起床，做个饭团子，就上山去捡柴火去了，自此，廖大军天天都要捡点儿柴火回来用于煮饭。过了一段时间，一个老农上门来了，我家没米了，几个月前我借给你家的二百斤谷子该还给我了吧。这话被媳妇李英听见了，原来人家是借给你的，不是还给你的，廖家人脸色一会儿红一会儿白，李英顿悟，原来你们骗我，气得哭起来了，孩子就要出生了，廖大军心里也不好受，抱着媳妇哄她，廖大爷对要米的老农说："这陪奁嫁女豁媳妇也不止我们一家，实在没办法，明年再还给你们吧！吃都吃了，也吐不出来。"廖大爷转头对廖大军说："廖老大，你就上山去捡柴来卖吧！"

上山捡柴的人越来越多，金马的、聚源的、幸福的，几百到上千人都上山去捡柴，近处山上捡不到，就往更远的高山上去捡，枯树枯枝捡完了，就砍树木，木料背下山就可以卖个好价钱。砍树是犯法的事，为了生活也不得不这样做。

在这最艰难的日子，廖老大的孩子出生了，一家人又苦又甜，看到孩子的笑，一家人还是很高兴的。那是一个痛苦的日子，廖大军因为在山上砍树，被巡山人员抓住了，还有另外三个人，四人双手背剪捆着，拴在一起游山示众，麻绳拴得紧紧的，肌肉都勒成紫色了，四个人不停地呻吟："求求你们！松点儿嘛，求求你们，松点儿嘛！"巡山人员不为所动，冷漠地看着四个人，没有把你们关进监狱都算宽大你们了。最后，四人被释放回家了，夫妻二人抱头痛哭，媳妇说："廖大军你别去山上捡柴了，总有一天，我们的好日子会来到！"

童疯子

民国时期，灌县有个无家可归衣衫破烂的童疯子，白天推着鸡公车行走在观凤楼至聚源的路上，困了就背倚靠在鸡公车上休息，口渴就在水沟边上喝点儿清水，肚子饿了就捡个石头，在平坦的石板上把大米磨碎，舌头伸出来把碎米舔进肚子，这就算吃了一顿饭。

灌县观凤楼到聚源的路上，过往的行人很多，老人和幼儿走不动路，就需要坐鸡公车。因此，推车的与坐车的都在等待，童疯子也在其中。他为了生存，推鸡公车下苦力求温饱。这时来了一个人，要坐他的车，问要多少钱？童疯子随口一答，哎呀，随便给点儿就是了，只要半升米。好的，你好像是童先生童师爷吧？你怎么干这推车下苦力的活？熟人揭露老底，童疯子一下子面红耳赤，喊着我要负原告责任！我要负原告责任！这时旁边几个人，也在背后议论，你一言他一语，他以前当律师的时候与法官一起，做尽伤天害理之事，不知坑害了多少人。后来良心发现，天天忏悔闭门不出，久而久之他精神失常，患上了精神病。平时不受到刺激，他就跟正常人一样，推车挣米钱，但只要受到刺激，疯病就犯了。

童疯子就是当年的童师爷。据老人们讲，哎哟，不得了，老灌县人都知道，童师爷是国民政府有名的律师，家里是名门望族，书香门第。他的父亲童老先生，是大清王朝的秀才。童师爷的文章也写得好，一手毛笔字行云流水，非常漂亮。他专门替别人打官司，写诉状。法官老爷是他的幕僚、铁哥们儿，官场上也有他的身影，老百姓打官司必须有他参与，诉状怎么写，就是童师爷的事了。

这从古到今，任何法律法规都不完善，都有漏洞，同样的案件判决也可轻可重。俗话说，衙门向南开，有理无钱休进来。如果公平处理，法官老爷和童师爷哪来的油水可捞？一有案子，童师爷笔杆一勾，判刑轻重一目了然。在童师爷笔下，不知有多少冤魂。

有案子时断案子，无案子的时候，也要去找钱。童师爷给法官老爷出主意，年关快到了，派几个警察出去看看，哪个商店生意好，钓几条"鱼"回来打牙祭，队长心下了然。两个警察身穿便衣，走进卖珠宝的铺子，对老板说："我卖一件东西给你。"问："什么东西？""一只玉马，值五万。""你哪来的？""我自家的，老板，你先给一千，东西留给你，明天我们再来拿剩下的钱。"两个人走后，老板便细细查看手中的玉马，就在此时五个警察一拥而上，将他按倒在地，说："你是销赃犯，昨天法官老爷的玉马被盗，正在捉拿飞贼，原来你是同案，走，抓到衙门里去再说。"于是珠宝铺子的老板被关进大牢。眼看要过年了，老板没有一点儿消息，老板娘一家到处花钱找人托关系，都说案子重大，你们还是去找童师爷吧。

老板娘带着儿子上门参拜童师爷，献上礼金，童师爷说："你们要带着诚意来处理这个问题，以双倍玉马的价缴纳罚款，这是法官老爷的意思，我们都是跑腿的。"老板娘及儿子感谢童师爷的指点，道谢后便告辞了。

次日，老板娘带上十万现金与童师爷一起到法官老爷那里交了罚款，又去大牢接老板。

老板受过残酷的鞭刑，遍体鳞伤，被家里人抬回了家。到家后他轻声对夫人说，我冤枉啊。不久老板就命丧黄泉。

人在做，天在看，苍天饶过谁。王老板死后童师爷非常不安，去竹林寺烧香，求菩萨保佑。没过多久，童师爷的父亲去世了，一年之后，他老婆也因病去世了，后来法官老爷告老还乡，两年后童师爷的儿子被仇家杀害，童师爷钱也花完了，房子也因年久失修，垮塌了。此时的童师爷变得喜怒

无常，经常自言自语不知道说些啥，衣服破了不管，鞋破了
就赤着脚。远房的亲戚看到他这样，招待他吃饭，还送了一
辆鸡公车给他，让他去观凤楼那里推车挣钱。自此，观凤楼
多了一个童疯子。

童疯子　张法画

　　童疯子推鸡公车比下力的农民还遭罪，别人推车回到家有饭吃，桌子上有酒有肉，他无家可回，吃石头上磨碎的大米，时间一长，瘦得皮包骨。没过多久，人们便发现他死在了路边。曾经风光无限的童师爷，被破席一裹，草草葬在了乱坟岗。

中兴场王太医

　　清朝时期，灌县中兴场有个王太医，除夕夜全家都在饿着肚子。这王太医为什么穷成这样，是因为他在积德。

　　王太医家三代都是名医，在灌县中兴场特别有名气，任何病人来看病，他都一视同仁。他对贫困家庭的病人更是格外关心，能不收费的，就尽量不收费，所以，虽然是名医，但家里没有什么积蓄。

　　有一天，来了一个病人说肚子经常痛，经王太医检查，病人脉沉紧、舌黄苔厚，烦躁易怒，便给病人开了两服疏肝理气的药，病人服用后，自述上腹痛难忍，不断呻吟。王太医检查后，发现病人脉象平缓，口舌不燥，明明是病好了，为何病人却说病情加重？难道是遇见碰瓷的了？刚想到这里，来了几个横眉竖眼的病人家属，将王太医一顿暴打，并让他赔十两银子，不然就要砸他的招牌。王太医被打得头破血流，只好赔了十两银子。拿到钱，病人家属一哄而散，原来这病人家属中有人是土匪，病治好了，还要敲诈十两银子做茶钱。

没过多久，有一个人被狗咬伤，找王太医治病。治愈后，患者找狗主人要医药费，狗主人不愿意，说是这个人走路不小心，摔倒受伤的，患者说，是你的狗咬的，双方谁也说服不了谁，便大打出手。王太医看这狗主人不讲道理，也不敢主持公道。围观的人越来越多，私下都在议论，当今社会，钱多人狂，狗仗人势。最终，找了一个年长的人端一个公平，狗主人付一半的医药费。人倒霉，喝水都塞牙，患者指责王太医，王太医也感到一肚子的委屈，医生难当。

时到冬月，各家各户都在准备年货，敲诈碰瓷的土匪也开始行动，他们在张地主家门口大喊："我只是经过这里，张地主家的狗咬伤了我，哎哟，哎哟。"早早关门休息的张地主听到狗叫声，开门一看，坏事了，狗咬到人了，急忙说："先生你好，我家狗咬伤了你，我们一起去王太医那里治疗吧。"

一行人便去找王太医治病。一见面，土匪先给王太医来个下马威，狠狠打了王太医一个耳光，再将王太医拉到一边，恶狠狠地说："你必须说咬伤很严重，我才好敲张地主的钱。"张地主也是个吃人不肯吐骨头的货色，他也将王太医拉过来，说："你必须说咬伤很轻。"王太医知道两边都惹不起，由他们去争论赔偿的事吧，只要不牵扯到他就行。但事情可不是那么简单，两边都在找他的麻烦，王太医左右为难。

中兴场王太医　张法画

　　时间一天天过去，生活越来越困难。除夕夜，家里还没有米下锅，王太医的媳妇把水烧开，因无米可下锅，便又把火熄灭，孩子也饿着肚子早早上床睡觉了。王太医心潮起伏，翻来覆去难以入睡。半夜，王太医听见外面有敲门声。打开门，来人说："我们是抬滑竿的，我家李老爷住虹口山上，头晕发烧好几天，不思饮食。请王太医为我家李老爷治病。"

　　王太医坐上滑竿一路颠簸到了虹口，看见那李老爷躺在床上，面部潮红，询问病史，三天前，李老爷淋雨受凉，后来头晕、头痛，继而发热，乏力咽痛，还伴随口渴咽干，尿少，大便干燥，食欲减退等症状。王太医检查一番，发现李老爷舌红苔黄脉沉。

　　王太医叫人去挖几锄稀泥来，抹在李老爷胸口上，一个小时后，热退身凉，病人说想吃稀饭。这时王太医说："我也口渴，也想喝一点儿。"原来是王太医肚子饿了，一天还没有吃饭，趁此机会喝点儿粥。接下来王太医开药，连更晓夜煎服。待到天亮，病情有所好转，王太医吩咐李老爷，继续服药。李家人感恩不尽，付了二两银子，又叫滑竿把王太医抬回去。

　　几天后，李老爷一行人到中兴场王太医家门口挂红，放鞭炮，赠送锦旗。李老爷的儿子现场发表演讲，称赞王太医医术精湛，妙手回春。这李老爷的儿子是个大官，听说是省里的专员。灌县的县令也到了，也不停夸赞王太医仁心济世，情暖人间。

王太医的医术好，治好了专员的父亲，这消息一传十，十传百，整个中兴场都知道了。从此，找王太医看病的人络绎不绝。当初敲诈王太医的土匪找王太医来了，这次他不是来找碴儿的，是因为身上生疮了，脱下衣服给王太医看看是什么疮，这疮长的有鼻子有眼睛，是人面疮，杀过人的罪大恶极之人便会长这种疮。王太医说："这种病我在《医宗金鉴》上见到过。俗话说，妙药难医冤孽病，你罪孽深重啊。""我认罪，我悔过，我把之前抢劫的银子捐献给穷人。"自此，土匪洗心革面，专做好人好事，身上的疮也就好了。

一日，张地主头痛来找王太医，张地主说："我头痛牙也痛，事情是这样的，以前我请长工从来不给工钱。三年前，我请武大郎干活，三年期限已满，结算时，我告诉他，要完成三件事，完不成，就别想拿钱。一，要让屋里的地面晒到太阳；二，要把大坛子装进小坛子；三，我的头有几斤重？武大郎办不到就走了，回去告诉了他弟弟武二郎，两弟兄上门来了，我说，你们看着办吧。武二郎手里拿着钉耙上房，下了瓦，太阳晒在屋里的地上，第一件事完成。看见我家的大坛子，打得个稀烂，把碎片装进小坛子，第二件事就完成了。

我说：'我的头有四斤。'武二郎说：'只有三斤。不相信？割下来称。'我吓得要死，急忙求饶，牙齿被敲掉两颗。我赶紧拿钱，武二郎两兄弟领到工钱便回家了。"张地主说到这里，非常后悔。王太医说："天老爷有眼睛，人在做，天在看，苍天饶过谁。我今天给你开药，你回去悔罪吧！"张地主回家一路念："我认罪！我有罪！"

周草药

我们的祖先在日常生活中，会将食用某种植物或动物出现的反应记录下来。通过无数次的口尝身受，逐步积累了丰富经验。故《淮南子·修务训》中说，神农尝百草，"一日而遇七十毒"。西周时期，便出现了执业医生。

医生要做到既有精湛的医术，又有高尚的医德。灌县崇义的周草药就是一个反面教材，病员多，草药用完了怎么办？他就用猪草欺骗病人。救死扶伤的医生反而草菅人命，最终，受到正义的审判。

20世纪30年代，在老灌县崇义镇，有个叫周大山的人，小时候走路不小心，摔了一跤受伤了，伤口感染，在自家林盘扯草药服用，没有效果。后经多方打听，得知环山子山上有几种草药可以疗伤，清热解毒疗效好。于是，周大山拄拐杖走了几里路，去环山子扯草药。用鬼油麻、见肿消、败酱草、地丁草等，敷在伤口上，几天后，伤口好了。

周大山下地干活了，邻居张大娘问："你的脚不跛了？""我是扯草药治好的。"王大爷说："我昨天脚崴了，有点儿肿。"周大山说："我这里还有点儿草药，送给你用吧。"王大爷用了周大山的药，脚果然好了。几天后，一传十，十传百，周围的人都知道周大山能治伤痛。

一日，附近居住的陈三肚子痛，也来找周大山看，这下子周大山犯难了，硬着头皮把见肿消、地丁草、败酱草给他服用，肚子居然不痛了。邻居张大娘说："周大山这孩子与药有缘，去找灌县的陈草药拜师吧。"

周大山与父母商量后，一个人走了三十里路，来到灌县城里找陈草药拜师。陈草药的诊所，是在一个不起眼的巷子里，门板上贴着对联："几味君臣药，三钱父子汤。"看病的人很多，还有扯草药的，都在等待。看到这场景，真真是"扯草药的巾巾片片，医生穿绸穿缎，看病的呻呻唤唤"。

陈草药身穿长衫坐在椅子上，左手拿着烟，右手搭在诊断桌的脉枕上，给病人摸脉，口里念着："左手心肝肾，右手肺脾命门。百病生于六气，诸病莫逃于四因，气血痰湿之故也。"看完所有的病人后，陈草药就该给扯草药的药农结账了。陈草药问："王老头，你这一背篼草药要多少钱？"王老头说："十元。""两元吧。"陈草药砍价道。王老头说："我翻山越岭走了几十里，在荒山野岭中穿行，荆棘划破衣衫，而今国民政府金圆券银圆券都不值钱，两元还买不到两斤米，可怜我这老头子吧。"最终，陈草药不情不愿地给了王老头四元。

天色将晚，周围的人一一散去，这时周大山向陈草药说明来意，要拜陈草药为师："我是你以前的病人张大娘介绍的。"陈草药说："看在张大娘的面子上，那我就收你这个徒弟吧。"于是，二人走到后堂，师父在上，行礼，先拜天，后拜地，拜药王孙思邈祖师爷，后拜师父，上茶，呈上礼金。礼毕，周大山正式成为陈草药的徒弟。学医先学医德，师父给周大山一本《本草纲目》，再送一本《千金要方》，然后向《大医精诚》宣誓。

周大山拿着《本草纲目》天天看，几个月后，师父叫他和药农王老头一起去向峨山扯草药，看图识标本。灌县到向峨几十里，周大山带着干粮跟在王老头后面，叫王老头为王师傅。一路跋山涉水在荆棘中穿行，衣服刮烂了，鞋子也破了，肚子饿了就吃点干粮喝点山泉水。山上转了一天，远处看到树上的木通，利尿通淋。藤上的瓜蒌，清热化痰止咳。茯苓利水，宁心安神。才扯了半背兜草药，眼看太阳就要落山，于是，二人往回走，回到陈草药的诊所，向师父汇报。

采药，抓药，辨证施治，周大山一晃在陈草药那里干了三年，掌握了中草药知识和医疗技术，回到崇义开了一家中草药诊所。

周大山的草药店开张，鞭炮声不断，远亲近邻都来捧场，生病的都来看病，扯草药的背着背篓都来了。

几年过去，周大山生意好，病人多。但是，他也学会了他师父的抠门，很多药农对他不满，人家扯草药那么辛苦，他只给一点点钱。背地里扯草药的人都骂他黑心肺。他给病人看病，也没安好心，人们的善良成了他敛财的工具，生病的人也骂他心狠。

隔壁王奶奶腹痛找他看病，看后，他去抓药，可是草药用完了，怎么办？他就去仓里把喂猪的干猪草拿来给王奶奶服用。王奶奶养了几十年的猪难道不认识猪草吗？她又气又恨，你这死娃娃气死我了，提起棍子就要打周大山，被其他人劝住。

1949 年，新中国成立，周大山被他人举报，他给发热病人用假药，草菅人命。经过调查，周大山用假药谋财害命，证据确凿，公审后被枪毙。

测字算命

　　文化人有文化人的骨气和清高，但是，当个人命途多舛生不逢时，或因天灾人祸，或因社会动荡，或因疾病致贫，也就坠入烟尘了。摆个地摊，或者是摆张桌子，测字算命也可谋生。

　　话说民国时期，灌县有个姓林的地主，年过花甲生了个幺儿，取名叫林有财。林有财到学龄时期，父母给他请了私塾先生。由于林有财天资聪慧，读书刻苦，林地主心想这娃长大定能光宗耀祖，没想到七岁那年，林有财患上小儿麻痹症，下肢萎缩无力，后来双脚畸形。林有财二十岁那年，父母也离世了。

　　林有财走起路来一瘸一拐，当地人叫他林拐子。新中国成立后，农村实行土地改革，斗地主分田地，人人平等。由于林拐子是残疾人，只能干点儿轻活。农村生活困难，他这个有点儿文化知识的人，动起脑筋，在生产队里装神弄鬼。他问邻居王大娘，你想不想见到已经去世的母亲，王大娘说想，他说那看到了你得给我点儿钱，我就把你带阴间去。于是，他叫王大娘把眼睛闭上，心中要默念母亲。林拐子这时便把竹椅子摇得嘎嘎响，口中念念有词，高坡坡，矮坡坡，土地老汉你不摸，高凼凼，矮凼凼，土地老汉你莫挡。脚一麻，手一伸，三魂七魄就起身。他问："王大娘你看见去世的母亲没有？"王大娘如实回答："我没看见。"林拐子说："我都看见了，你没有看见？"逗得众人哈哈大笑，并直说你这招不灵。不久之后，林拐子就开始进县城测字算命了。

灌县菜市场人来人往，林拐子手里拿着木质招牌，上面写着测字算命。他走路一瘸一拐，向过路的人询问，测字吗？算命吗？这时，一个中年男子经过这里，面色微带青黑，像是熬了几天夜，右眼皮像是之前贴过红纸。林拐子察言观色看在心里。俗话说：左眼跳财，右眼跳灾。林拐子上前便问："算命不？我看你失过大财。"中年男子说："何以见得？"林拐子说："我算得不准不要你的钱。"这时中年男子大声说道："三天前，我去饲养场卖肥猪，早上等到下午，可收猪的工作人员对我百般刁难，等把我的猪儿肚子饿蔫，屎尿屙完了才收，就想坑我们贫下中农。一百三十五斤，才卖五十几元钱。我到大市场转一圈，心想拿到钱买点儿东西回去，结果钱又被扒窃，哎气死人！今天看能不能抓住小偷。"
旁观者说："你再高声喧闹，哪里还会有小偷的踪影？"这
时一个中年妇女走了过来，在手心比画一下，测字。林拐子
一看，提笔写一个字：鱼。林拐子问："你是想吃鱼，还是
想问其他事？"中年妇女开口说道："我的丈夫外出多年至
今未归，不知是死是活？今天也想在市场买条鱼。"这时，
一个挑水的男子也过来看热闹。林拐子说："恭喜！恭喜！
你的丈夫很快就会回来了，你去买鱼吧。"挑水的男子走了，
妇女高高兴兴去买鱼，就在这时，一个老年妇女走过来，说：
"我也想测个字，还是写个鱼字吧。"林拐子问："你想问
什么事？""我的男人失踪几十年，不知道能不能回来？"
这时，一个卖油条的老人担着担子过来看热闹。林拐子看了
看这老妇女，说道："你的丈夫早就不在人世了。"这时老
妇女非常激动，抓住林拐子就开打："你这个乌鸦嘴，测同
样的字，别人的男人要活，我的男人要死。"不由分说，一
顿拳脚招呼过来。有人说："现在是新社会，破除迷信解放
思想，搞封建迷信活动，只有挨打的份儿。"又有人说："太
过分了，不能打人，残疾人混口饭吃也不容易。"

　　林拐子鼻青脸肿回去了。几天后，中年妇女带着丈夫找
到乡下林拐子的家，恭敬地献上礼品："林老师算得太准，
佩服。"林拐子说："我的身上好痛。"为什么？被人打的。

测字遇机缘，鱼得水活，遇油炸则死，为说一句话挨打。巧合，还真是巧合。

测字算命　张法画

算命一般来说都是假的，算命的有的还是有知识有文化的人，都是为了谋生活。不可不信，也不可全信。只是概率问题，有百分之三十的概率就不得了。有人算命没有一次算准过，又有人说算得准，这都是概率的问题，加上易经八卦，麻衣神相，察言观色，接话搭话，用心理学的知识套出话来。

假如你要去找算命先生算命，首先要沉稳，少说话，或者是不说话，如果是女性，最好化妆，算命先生会知难而退。为什么又有人说算命先生算得准呢？是因为你自己把所有的信息，在有意或无意之中，已经告诉他了。

世事难料，一切事物都是在变化之中，算命的，测字的都会说出不确定的话，能进能退，留有余地。伸手不打笑脸人，遇好事多说奉承话，遇坏事只说安慰话。

而今测字算命，犹如庙子上烧香许愿，作为一种心理安慰罢了，不必当真。

观凤楼城墙上的灵芝草

中国土地辽阔、资源丰富，奇珍异宝也不罕见，历史上，多少贪婪的列强想将奇珍异宝占为己有。客官，你听说过老灌县观凤楼城墙上的灵芝草吗？新中国成立前就被美国人偷走了，这是我听老一辈人说的。

话说 1925 年以前，成都通往灌县的西蜀大道只是一条弯弯曲曲的古老石板路。这条古路因年代久远，车轮将石板碾出深深的凹痕，有些地段的石板也被当地人偷去做牛圈底，走起来很不方便。后来修了一条从成都通往灌县的新路。新旧两条路交会处，恰是灌县太平街的终点观凤楼。

观凤楼是清朝时期修建的，在太平街的终点处筑起高墙，修建了城楼、城门洞，据说站在楼上就能看到青城凤栖山，所以称为观凤楼（观凤楼来历还有不同说法）。

观凤楼城墙上的灵芝草　张法画

随着经济的发展，进出观凤楼城门洞的人越来越多。随着时间的推移，高高的城门洞墙上长出青苔杂草，随后又长出一棵油菜。城门洞来来往往的人们，偶尔抬头看看这不起眼的油菜。一年又一年，这油菜只长大，不开花、不结籽，因此引起过路人的注意。

这观凤楼城墙缝隙中长出的油菜与众不同。

不知又过了多少年，这棵神奇的油菜逐渐被人们淡忘。到了20世纪40年代，小小的灌县住了不少美国人，有些老百姓见到他们就点头哈腰，嘴里不停地说"米士头"顶呱呱。

美国人在灌县没住多久就发生了一起事件，观凤楼城墙上的那棵油菜不见了！

有人说是美国人在夜间偷走的，又有人说是英国人偷走的，众说不一，总之是外国人干的。

不久，城里戏院上演川剧《白蛇传》，人们才恍然大悟：啥子油菜啊，那油菜原来就是无比金贵的灵芝草！

看过《白蛇传》的都知道，白娘子为救许仙冒险上仙山盗灵芝，那灵芝发着绿色幽光，正像观凤楼上的那棵不开花、不结籽的油菜。中国的老百姓太纯朴了，宝物被盗了都不晓得，不开腔。

有史以来，都江堰都是个藏宝之地。那棵好多年既不开花又不结籽的油菜，你说它不是灵芝是个啥，不是宝贝外国人偷它干啥？

至今许多灌县的老人，一说起观凤楼城墙上的那棵灵芝草，眼圈还会发红。

贵贵阳的传说

　　相传，远古时代的蜀国，在灌县青城后山五龙沟，住有张木匠一家三口人。张木匠常年在外为别人修房造屋，妻子李氏带着两岁的儿子张生，在家种庄稼、养猪养羊，过着衣食无忧的生活。

　　然而，天有不测风云，人有旦夕祸福。有一天，桃园村游手好闲、流氓成性的王二闲逛来到五龙沟张家院子，看见李氏在晾衣服，就上前去说一些下流话，调戏她。李氏听了非常害怕，她急忙拖着儿子张生回家，准备关上自家大门。可是，王二一个箭步冲上去阻止她关门，一切发生的非常快，李氏无力反抗蛮横的王二，被王二抱进屋去。屋外，小孩子的哭声，鸡鸭鹅的叫声，掩盖了罪恶。悲剧发生后，李氏就跳崖自尽了。

　　张家的不幸惊动了十里八乡，巡捕抓住了作恶的王二，被县令斩首示众。张木匠料理完李氏的后事，便一人带着幼小的孩子，又当爹又当妈。

赵公山下有个月下老人，带着李寡妇到张家提亲，她给张木匠介绍说："此人能干，前夫已故，未生育，上得了厅堂，下得了厨房，上山劈柴，下河挑水，看家护院更是不在话下，就是性子急，干活有力气，长着一脸横肉，经常为一些鸡毛蒜皮的小事与他人吵架，当地人俗称'老虎婆'。"

张木匠听到这里，心中还是有点儿悬吊吊的，月下老人又说："人不歪，吃不开，孩子他妈不就是太软弱才遇害了吗？"经月下老人这么一说，就成了，当天晚上两个人就住在了一起。之后招待了街坊四邻，就算结婚了。

三个月过去了，张木匠又出远门干活去了。后母李氏带着前娘李氏的儿子始终有个阴影，不是亲生的就难免有些隔阂，有时张生不听话，她就拳脚相加，打得张生鼻青脸肿。

一年后，后母李氏的儿子出生了，取名叫贵贵阳，李氏如获至宝，就更不待见张生了，小小的张生每天要照顾弟弟，到七八岁就要去干活，还经常受到后母的打骂。俗话说："前娘杀鸡留鸡腿，后娘杀鸡留鸡肠，鸡肠挂在墙壁上，遥望鸡肠笑一场。"张生长期被后母虐待，导致他营养不良。

哥哥张生经过十年的煎熬，已经有十二岁了，由于营养不良，身子还是那么矮小，弟弟九岁了，却长得比哥哥还高。

人常说，做坏事会有报应，九岁的弟弟贵贵阳，智力发育有障碍，不识数，是个傻子。

贵贵阳的传说　张法画

后母左思右想，怎样才能把这前娘的儿子张生弄死？可是，她又下不了手，于是，心生一计，叫两个孩子去很远的地方种黄豆，临行之前说："为了公平，你们两兄弟每人带着干粮，十斤豆种，去郫县种豆子，豆苗生长，结豆豆了你们才准回来，如果豆苗不生长，不结豆豆，你们就死在那，谁也不准回家。"

两兄弟走了一百多里地，饥肠辘辘，肚子早已饿得咕咕叫，哥哥与弟弟坐下来休息。看看包里的黄豆，哥哥包里是炒熟的黄豆，好香，弟弟的是生的，张生明白了，这是后娘要置他于死地。于是，哥哥张生开始吃炒熟的黄豆充饥，弟弟看到哥哥吃得香，就想和哥哥交换黄豆，哥哥答应了。后来，哥哥的豆种发芽，豆苗长高了，但收获了豆豆的哥哥，并没有打算回去。弟弟贵贵阳把剩下来的炒熟的黄豆种下去，却什么也长不出，贵贵阳就死在了这种豆的地方。

到了黄豆收获的时候，不见贵贵阳回家，后母李氏慌了，呼唤着儿子贵贵阳。这贵贵阳去哪儿了？从春季到秋季，李氏怎么也找不到这失踪的贵贵阳。

这时种田的大爷告诉李氏，贵贵阳已经死了。李氏听到后悲伤而死，变成了杜鹃，口中呼唤着贵贵阳，悲切啼血。

每年种豆子的时候，就会听到树上杜鹃的叫声。秋天到了，不能种豆子了，杜鹃就不叫了。后来，张木匠死了，也变成了杜鹃鸟，每天叫着，布谷、布谷。这边叫声贵贵阳，贵贵阳，那边就叫声布谷、布谷，又好像是，不哭、不哭。

　　年复一年，农民开始春耕生产，种黄豆。两种不同叫声的杜鹃鸟，交替出现在高大的树上，呼喊着贵贵阳、贵贵阳，布谷、布谷，预示着川西平原风调雨顺五谷丰登的开始。贵贵阳是民间传说，寓意人们在日常生活中，要正确处理家庭关系，和谐友爱，健康发展。

猴娃

猴儿妈，猴儿娘，猴儿要点奶奶尝。

1997年，一部"猴娃之谜"的节目广泛流传，科学家揭开了猴娃身世，事实证明，猴娃根本不是野人的后代，但是，猴娃还是留下一些未解之谜。这猴子真的能与人生孩子吗？答案是否定的，从古至今，只是留下一些神奇的传说。

相传，很久以前，在四川某条大峡谷中住了一户人家，男主人叫郭保山，常年在山上种玉米、土豆，女主人王氏带着小女儿春花看家，一家人过着平静的生活。

山上的各种野生动物，陪伴着郭家人，画眉喳喳，松鼠学人叫，一群山猴在树上跳来跳去，采摘野果。郭保山看到树上山猴很可爱，欲近距离接触，就投喂一些食物，山猴看郭保山没有恶意，就大胆接近。时间长了，山猴便常在郭家周围玩耍，也给家中的小女儿春花带来了乐趣。

　　十年后，小姑娘长成了大姑娘，如花似玉，很漂亮。山猴也是灵长类动物，通人性，喜欢围着春花。有一天，郭保山和王氏出去干活，春花一个人在家，猴王便带着一帮山猴将春花掳走。

　　当郭保山和王氏干完活回来，发现春花不见了，一群山猴也不见踪影，两人急坏了，大声呼唤也没有回应。于是出门寻找，翻山越岭，无处追寻。心有不甘，又无可奈何，走了十天半月，夫妻俩回到家，期盼奇迹出现，春花能回来。

　　其实，春花离她自己的家只隔几座山，她被猴王关在悬崖边的洞中。洞内堆满干燥的树叶，可以躺下来休息。石台上堆满野果、土豆、玉米等食物，山猴把春花围在中间，一举一动都被监控，洞门又有山猴把守，想逃跑是不可能了。

　　几个月后，春花怀孕了，猴王也放松了对春花的监视。山猴偷偷去郭保山家观察，老两口还是在那里居住，山猴顺手偷走春花以前使用的镜子。春花拿着镜子看着自己的模样，心里十分悲伤。不久之后，春花生下一个猴娃，她悲喜交加，毕竟是自己的骨肉，她恨猴王害了自己，她想找机会逃跑。一日，猴王不在，春花看看洞外的悬崖峭壁，一步一步，试探着前行。

　　历尽艰辛，春花终于逃回家里。一家人抱头痛哭。为了防止山猴袭扰，郭保山紧闭房门，春花躲在里边不说话。猴王带着猴娃、一群山猴围着郭保山家。几天过去，连春花的人影都不见，猴王只得离去。

猴娃思念母亲，要吃奶，天天坐在郭保山家门外的石板上，唱"猴儿妈，猴儿娘，猴儿要点奶奶尝"。每天上午来，下午便回到山洞。春花不出门，但心里也难受。这天，郭保山想出一个办法，把石板烧红，猴娃刚坐上去，一声尖叫就跑了，原来是猴子的屁股烫红了，从此，山上就有了这种红屁股猴子。

民国时期灌县最大的水灾奇闻

　　凡大灾大难来临之前，自然界都会发生一些怪事，比如大地震发生之前，许多动物表现异常。狗儿猫儿烦躁不安，鱼儿乱跳，蟒蛇出洞，老鼠过河首尾相连。

　　话说1923年，茂县叠溪镇的山上，有一名衣衫破烂的道士在看风水，发现高山上有一块像乌龟的石头，就对当地人讲这个石乌龟有灵性，十年之后要下水。众人听后说他是精神病，不相信他。道士急了，要与众人打赌，如果十年后石乌龟不下水他就被五雷轰顶而死，如果十年之后这石乌龟下水，众人就要拜他这个神仙。

　　于是，道士与众人就在这山上立了石碑，刻字为证。等一切弄妥，众人一转身，这道士就不见了。

　　1933年7月15日，灌县二王庙路段出现一名衣衫破烂的道士，站在路中阻拦行人，不断高喊："四川啊四川，李二郎要立桅杆，立不起桅杆，四川不得平安。"

这一消息传开了，担挑子的、背背子的，都停下来到二王庙烧香求菩萨保佑。有从茂县下来的人，认出这就是当年预测石乌龟下水的道士，就说这可能是得道的真人，他的话可能是真的。二王庙里又有道士说：十多天没有人见到他进过餐，是常人早就饿死了。多烧点香求菩萨保佑吧！谁也不知道将来会发生什么？

一个阳光明媚的上午，人们惊奇地发现，一根很大且端直的木杆顺江而下，漂到二王庙对面的岷江江心时，突然立起来了，大约有25米高，就像船上的桅杆，人们高呼："桅杆立起来了！"此时，在二王庙烧香的人，都跪在地上，默默念着菩萨保佑。衣衫破烂的道士哭了起来，随后说："天机不可泄露。"便消失得无影无踪。

立在岷江之中的木杆，是用于修房造屋的上好的材料，于是，总有人想把这无主的木材弄回家。但是人们想尽一切办法，这根木杆端立在江中就是不倒。有人想从岷江上游用载煤炭的木筏把这木杆撞倒，这木筏老板心想，这上百吨的撞击，定会将它撞倒，不料这木杆纹丝不动，从此再也没有人打这木杆的主意了。

时间到了1933年8月25日，茂县叠溪镇发生7.5级地震，这岷江之中的木杆倒了，人们只觉得地动山摇。过了些时日，众人认为灾难已经过去，烧香许愿的人也随之减少。

民国时期灌县最大的水灾奇闻　张法画

　　然而，1933 年 10 月 9 日，茂县叠溪堰塞湖决堤，25 米高的巨浪席卷而来。岷江之中，之前那木杆有多高，现在洪水就有多高，有人在山路上看见洪水中有一只怪兽，昂起头，眼睛有汽车轮胎大，在水中高喊："海眼就在河中间，海眼就在河中间！"有人说这是鲛龙，惊动了镇银关上的卫队，王中士下命令开枪。士兵一路追着向江中鲛龙开枪，蛟龙埋着头从飞沙堰旁边进入离堆公园，向安顺桥、晏家河心、马家河心一带冲去，洪水一路淹没聚源、土桥，最后蛟龙困死在温江，有人说它中枪了。蛟龙所到之处，房屋垮塌，淹死的人不计其数。所幸的是25米高的巨浪没有进宝瓶口，灌县主城区损失较小，外江的压力减小，青城大桥未被损坏，但太平街上，布满大大小小的鱼，一米多长的大鱼都随处可见，街上到处是死鱼，臭气熏天，我的外婆捡了一条12斤的鱼，没人敢吃。传说，何豆腐还捡到一只皮箱，里边装满了银子。大水消退后，红十字会在青城桥至安顺桥收殓的尸体，就有717具，有的就地掩埋，有的埋在北门外的竹林寺。灾情发生后，人们流离失所，哀鸿遍野，民不聊生。灌县红十字会开展救灾工作，为灾民送面饼充饥。

我的老家就在马家河心，10月9日晚上，房屋全部被冲毁，三棵大樱桃树被洪水冲倒在一起，形成一个巨大的三脚架。我父亲一家，七口人全部爬上树，没有人员伤亡。当晚我父亲看见百米之外，有一名男子背着他的母亲困在水里，于是就下树去施救，一起拉上樱桃树。后来我爷爷一家人搬到丰都庙附近居住，承包地主的田地种庄稼。

　　茂县叠溪地震几分钟内，地陷五六百米。地往下陷，水往上涌，山往下垮，两山合拢如关门，形成 11 个堰塞湖，平均水深 98 米，蓄水 1.5 亿立方米。附近 21 个羌寨关全部覆灭，死亡人数近万人。地震发生时，有两个人在打赌的那石碑附近，地壳下陷时，两人拼命往上爬，才保住了性命，也许是那个道士在暗中保护，而今那石碑还在。

　　小时候父亲经常给我讲这些故事。地震那年，他也只有十几岁。洪峰不从内江外江通过，而是从离堆公园的陆地上穿过，是事实，听起来却违背常理。如果 25 米高的洪峰从宝瓶口通过，则灌县、郫县、成都都难保。如果洪峰从外江通过，那河西片区地势低洼，一直到崇庆县（今崇州市）都会成泽国。但是，那个道士说的话实现了，岷江之中那立起的木杆，看到过的人太多了，茂县叠溪山上的石碑，你如果有兴趣，当地人就可以带你去看。至于温江那条蛟龙，听说有人去看过，剩下的脊椎骨有几十米长。

　　民间还有人根据这次灾难编出民谣，父亲唱给我们听：

　　　　七月初五开始动，从来没动这么凶。

　　　　茶壶撞得叮叮咚，粪桶撞得香饽饽。

　　　　碗筷掉落锅铲响，水缸起浪怪撒风。

　　　　有人茅房正解手，差点掉在粪坑头。

大灾大难没人管，红十字会把尸捡。

不见身躯见手脚，细数一万八千三。

房塌田毁去何处，低洼就往高埂搬。

穷搬河坝饿搬山，背时倒灶搬环山。

收账与还账

　　俗话说夫妻是缘，儿女是债，该收的收，该还的还。孩子平安长大，不惹事就行。爱学习，又孝顺，讨人喜欢，毕竟是少数。同样是一个母亲生的孩子，有的当状元，有的成乞丐，有的任法官，还有的误入歧途。天命如此，人不可强违。在古代，医疗卫生条件差，医学不发达，一家人带几个孩子不一定都存活，时有意外事故发生。

　　民国时期，灌县西蜀大道界牌路段有一户王姓人家，老伴因生病去世，王老汉带着大儿子王强、小儿子王兵，一家三口守着三间草房、几亩水田艰难度日。由于不会做针线活，冬天一家三口穿的都是破烂衣服，身上的污渍很厚，虱子起堆堆，夏天还好，小河边洗一洗，身上的污渍就掉了。都说穷人家的孩子早当家，王强带弟弟帮着王老汉干农活，做家务。几年过去，干活的大儿子王强身体强壮又调皮，下河摸

鱼虾，上树掏鸟窝，都不在话下，小儿子王兵身体瘦弱一点
儿，但也跟着哥哥到处跑。随着年龄的增长，王老汉还是想
方设法把两个孩子送去上学。

两兄弟在学校表现差别很大，大儿子王强读书不专心，
调皮捣蛋，与同学打架，王老汉还得给他人赔礼道歉。王强
懒得读书写字，经常被先生打手板。小儿子王兵听话，读书
成绩好，讨先生喜欢。一个父亲生的孩子，差别咋这么大？
有一天王老汉在赶场，来到灌县的一个土地庙，看见一个算
命先生在给他人算命，听说算得很准，于是，就掏出了几个
钱给算命先生，请先生给两个儿子算命。算命先生问了王强
和王兵的生辰八字，又看了看王老汉，沉思片刻，说："你
两个儿子，一个是收账的，一个是还账的。"王老汉不悦，
要让先生再仔细算算，先生翻出陈旧的《易经》，又翻阅了
《麻衣相法》，算了几遍，说命中如此，不可更改。

王老汉闷闷不乐，回到家里喝了两壶酒，冲着王强发起
酒疯来："你这王老大读书不专心，天天打架斗殴，给老子
找麻烦，给我爬，给我滚！"边骂边拿着刀从厨房冲了出来。
王强见此情景，拔腿就跑。王强被吓得连家都不敢回了，沿
着西蜀大道往成都方向走去，从此杳无音信。

王兵看到爸爸提刀追哥哥，吓得腿直哆嗦，一点儿也不
敢吱声。从那以后王兵更加努力学习，得到老师和父亲的夸

赞，从小学一路读到高级中学，顺风顺水，王老汉省吃俭用
供王兵上学，期待儿子能光宗耀祖。

收账与还账　张法画

多年的心血没有白费，这年王兵考上了大学。盛夏的太
阳火辣，高温天气令人心情烦躁，金蝉长鸣追逐小河的浪花。

王兵和几名考上大学的学生，兴致勃勃走在河边。其中一个提议，大家一起下河游泳，消消暑。于是，大家一个接一个跳入河中，向对岸游过去，众人上岸后，发现少了一个王兵，回头张望，没有王兵的身影。糟了，出事了！王兵的尸体在下游漂浮了起来，早已没有了生命的迹象。有人做了人工呼吸，又把王兵的尸体放在水牛的背上跑步，都无济于事，王老汉哭得死去活来。

失去了王兵，王老汉从此沉默寡言，人们劝他节哀顺变，但他像发疯一样，整天自言自语，从此庄稼也不种了，田间长满了杂草。王老汉有时候去土地庙偷偷吃点儿居士进贡的苹果，有时候去幺店子喝点儿小酒解愁。一日，王老汉的房屋坍塌了，自此，他便一个人躲在土地庙，活得像一个乞丐。

一年又一年过去了，某日，成都灌县界牌来了一个带着很多士兵的军官，寻找他失联多年的父亲。经过多方打听，在土地庙前找到了衣衫破烂的父亲，原来，军官就是当年的王强。父子相见抱头痛哭，在勤务兵前呼后拥下，王老汉洗换一新。当地官员、社会名流都来给王老汉贺喜，同时给王团长接风洗尘。当地人说王老汉有福气。老屋也重新修缮，家里还请了一个保姆，照顾老父亲。

当年，王强一路走到成都，又饥又渴，饿晕在地，被一个连长收留，当了兵。经过枪林弹雨，九死一生，王强做到了团长。

由于军务在身，王团长告别家乡父老乡亲，临别时还给王老汉留下很多钱财，一行人浩浩荡荡地走了。

几年后，听人说，王团长在混战中战死了。王强留下的钱财用完了，王老汉失去经济来源，保姆也走了。最终，王老汉奄奄一息，挣扎着说了一句，收账的收完了，还账的还完了，就断了气。

托梦

人们在日常生活中，经常做梦。俗话说：日有所思，夜有所梦。当一个人心事重重，难以入眠时，有可能还会做噩梦。

这人死了之后，会不会给家人托梦？或者，是活着的人能否在梦境中与死去的人进行交流？1947年，根据传统习俗，四面八方的人们都要到灌县庆祝清明放水节。石羊、青龙、大观、安龙等河西片区，就只能从中正桥经过，新中国成立后重新修建该桥，并改名为青城桥。青龙乡的廖水水，用鸡公车把母亲周氏推到灌县去看清明放水节，当他把母亲周氏推到中正桥的中间，他却停了下来，思考着什么事。短暂的休息后，他靠着桥边对母亲说："你看河里有大鱼在跳。"母亲从鸡公车上起身往桥下看，廖水水却在背后用力一掌，把母亲推下了河。

周氏从桥上落水淹死后，晚上就给她的堂弟周士宝托梦，说她是被不孝的儿子廖水水推下河淹死的，身上穿着花衣服，尸体冲到下游很远的地方——陶家滩。周士宝半夜被梦惊醒，他早就知道外甥廖水水秉性恶劣。天未亮，周士宝就急忙去姐姐家看情况。只见堂姐家大门紧锁，空无一人。这周士宝是何许人也？三区指导员，管理河西片区治安的官员。他带着警务人员往金马河下游搜寻，在沙滩上发现一角花衣服，众人上前去挖，终于找到了周氏尸体。此时已经是事发的第二天的中午了。

事实清楚，证据确凿。周士宝与警务人员一起，立即捉拿外甥廖水水。周士宝在灌县各条路口设下关卡，安排人手在观凤楼车站周围等候廖水水的出现。

话分两头，廖水水把母亲推下河淹死后，鸡公车也不要了，返回家中翻箱倒柜，寻找母亲藏钱的地方。他找到了一些金圆券、银圆等。廖水水这时心想，从灌县到成都，再从成都逃到重庆就万事无忧了。

天亮后，廖水水就到了灌县观凤楼汽车站。他买了票，坐上车。汽车烧的是木炭，师傅一路开车一路停，开不远就要熄火，众人帮着一起推车。有顺口溜：成都到灌县，气都要累断，上车七八次，八九十人推。

车子到了成都西门车站，廖水水下了车分不清东南西北，因为不识字，就问过路的人，去重庆怎么走？路人告诉他，去前面买票。售票员问他："你是哪里人，要去哪里？"廖水水急忙说："灌县、灌县。"就这样，廖水水一心想着去重庆，却糊里糊涂买错票又回到灌县，观风楼车站又出现在眼前。等待他的是警务人员和舅舅周士宝，廖水水一下子瘫在地上。

周士宝亲自审问廖水水，怒斥廖犯无恶不作，淹死母亲。警官问，怎么处理？众人高呼，遵古训，点天灯，千刀万剐。

这民国时期，因周士宝一个梦，破了廖水水杀母案。时间回到当今社会，有没有因为一个梦，抓住杀人凶手的呢？还真有。2009年，王守才在郫县开出租车，生意还不错，一家三口人其乐融融，平时早中晚三次，他都要给妻子张英报个平安。

而天有不测风云，人有旦夕祸福。这天王守才没有给妻子打电话报平安，妻子张英便给王守才打电话，手机一直占线，打不通。张英眼皮跳了几下，不祥的预感涌上心头，她焦急万分。傍晚，她去婆婆家，给婆婆说："今天王守才没有回来，也不知道咋回事。"婆婆也着急，说叫上王守才的弟弟一起去找，弟弟与嫂嫂四处找，哪有王守才的身影？

这晚，张英在床上翻来覆去睡不着，天亮之前做了一个梦，梦中，王守才给妻子张英说："我已经被他人杀害，杀我的人是董丹和他老表。他们包了我的车，要我把他们送到都江堰向峨山。过了蒲阳，董丹用细绳使劲套住我的脖子，杀害了我。车子停在路边，他们把我的尸体埋在向峨山上，电线杆旁50米处。"

托梦　张法画

弟弟没有找到哥哥，晚上也睡不着。半梦半醒间，弟弟仿佛听到哥哥说，他被董丹俩老表杀害在都江堰向峨山上。于是，弟弟与嫂嫂二人到郫县派出所报警。

根据梦中描述的地点，警方找到了王守才的尸体，并一举抓获董丹与他老表二人。二人对犯罪事实供认不讳。

我当时在都江堰市看守所工作，郫县办案警察与我聊天，谈这个特殊的案件，他们告诉我破案的经过。俗话说：人在做，天在看，天网恢恢，疏而不漏。几个月后，等待他们的是严厉的审判。

万丈沟的樱桃红了

都江堰市蒲阳路火车站路口，往北走，有一条蜿蜒的山路经万岭村绕王家山，翻过灵岩山的后方合并到白沙公路。顺着这条山路有条很长的沟，人们都叫它万丈沟，山沟的路边有很多农户，此地依山傍水环境优美。许多住户都是独立的小院，房前屋后都栽种了樱桃树，每年春季樱桃花开，洁白的樱桃花在阳光的照耀下更加美丽。樱桃成熟后，红红的樱桃在绿叶的映衬下格外耀眼，香甜的樱桃让人垂涎三尺，恨不得一口吞下去。从万丈沟的出山口到最远的高山，这条路上过往的行人看着红樱桃，都想伸手摘，然而，只能隔着院墙，观望着高高的樱桃树枝，红红的果子。

万丈沟有一户姓陈的人家，院内种了几棵樱桃树，阳光明媚，樱桃红了，陈大爷坐在椅子上喝茶，跷着二郎腿，望着树上的樱桃，想吃几个，就叫她女儿陈秀英搭梯子上树去摘，正好住在附近的小伙子王强经过，看见树上有个大美女穿着黄色连衣裙露出漂亮的腿，他心中默念："桃红水色鹅蛋脸，丹凤眼睛眉似线。"本就好看的陈秀英在绿叶和红樱桃的映衬下，更加美丽。这王强看美女似曾相识，美女陈秀英也看见了王强，摘了几颗樱桃就下树，红着脸心怦怦直跳，想起来了，这不是她的初中同学王强嘛。

自从王强看见美女陈秀英后，隔三岔五就要去陈家的院子墙外，看树上红红的樱桃，从门缝观望陈家大美女，唱着他自己编的歌："隔壁樱桃红艳艳，邻居小伙想尝鲜。翻墙爬树要挨揍，打洞挖沟定吃拳。"陈秀英听着，心里咚咚直跳，又美滋滋的。随着阳光照射，樱桃越来越红，陈大爷、陈大娘不敢上树，看到吃不到，就叫女儿去摘，可女儿就是不上树。

有一天陈大娘又听见院外一小伙在唱："隔壁樱桃红艳艳，邻居小伙想尝鲜。"陈大娘开门就骂："你家没有吗？光想着我家的樱桃。"小伙说："我家的樱桃没有你家的甜。"陈大娘说："你明年来，我挖一棵你回去栽。""谢谢！我就要你家最漂亮的樱桃，就你家最漂亮的樱桃。"陈秀英听见了给陈大娘说："他想要挖回去栽的不是樱桃。"说罢，头一扭，羞红着脸回屋里去了。

两天后，小伙又上门了，敲门要吃樱桃，陈大娘看到就骂："滚！"陈秀英躲在她妈身后递个眼神，然后说："街上有卖的，你上街去买吧！"陈大爷坐在大圈椅子里抽着烟，跷着二郎腿，一声不吭，突然起身啪一声吐口口水，小伙差点就被吐到，赶紧跑了，丢下一句"世上虽有难上口，求来更比买来甜"。

清明节到了，从王家山一路经万丈沟下来的人，主要是购买农具，顺便看看这传统的清明放水节，电视里也在播，今年的放水节比往年更热闹。邻居在路上就喊陈大爷、陈大娘一起去看清明放水节，陈大爷说："好哇，我们一起去，女儿你也去。"陈秀英说："我不去，我要看屋。"于是，陈大爷、陈大娘就走了。

陈秀英在想，今天是个好机会，心上人我好想你啊。话说这王强，他妈要他去都江堰摆清明会的地方买椅子，他今天就是不去，他说今天不舒服，他妈生气了，就一个人去了。他等他妈走远，就往陈家去了，他看见陈家院门没有上锁就知道有人在家，他看看树上的红樱桃，又从门缝看进去，陈大爷、陈大娘都不在，便轻轻叩门，陈秀英把院门打开，问："你来干什么？""我来吃樱桃！""樱桃在树上，你爬吧！"小伙说："樱桃在你这。"秀英说："讨厌！"王强牵着秀英的手就往屋里去，秀英羞红了脸。

万丈沟的樱桃红了　张法画

这陈家老两口，看了放水节，又去市场买烟，等他俩回
去太阳都快要落山了。话说王强的妈妈买两把椅子有点儿重，

一个人扛着，边走边坐下来休息，走回家时也很晚了。等两边老人回去时，就像什么也没发生过，门关的严严的，树上的樱桃红红的还是那样。

两三个月后，陈家姑娘天天呕吐，陈大娘给她一片姜，说你快吃下去，吃了生姜还是呕吐，陈大娘问女儿吃了什么不卫生的东西了？陈秀英说，没有啊！不知道为什么，就是反胃。几天过去还是呕吐，陈大娘带女儿到人民医院去看看，从万丈沟到玉垒山下人民医院，虽然不是很远，但走了很长的时间。到医院，检查后，医生问她，你老公知道不？你怀孕了。女儿红着脸，陈大娘火冒三丈，你和谁在一起了？我跟邻居小伙子王强在一起了。陈大娘回家后与老头子商量，这木已成舟，生米已经煮成熟饭，难道还要丢人现眼不成？把邻居小伙子王强娘俩叫过来，说清楚，生怕人家不认账那才麻烦。王强的妈妈也是通情达理的人，同意这门亲事，王强知道自己要当爸爸高兴极了，改口就喊岳父岳母。过门选日子，安个媒人就这么定了，在民政局登记结婚。万丈沟热闹起来了，送亲的、接亲的，人来人往。办九大碗，李大爷干杯，宋大哥干杯，请菜。一个文人骚客端着酒杯朗诵一首诗："隔壁樱桃红艳艳，邻居小伙想尝鲜。翻墙爬树要挨揍，打洞挖沟定吃拳。世上虽有难上口，求来更比买来甜。叩门张口轻声喊，请进来尝不要钱！"新媳妇说："不听不听，和尚念经！"跑到洞房把门关了。隔壁幺妹牙尖舌怪说闲话，冒一句："怎么之前没看见他们俩耍朋友？突然就结婚了，你们看新媳妇抱着筲箕走路，身子往后仰。"新郎官赶紧救场，散喜糖，发红包，迎来一片掌声！

西街走妖

灌县西街，是川西通往松茂古道的必经之路，几千年来，做生意的人从这里出发，烟帮、茶帮，背背子的、担挑子的、牵骡马的，络绎不绝。

20 世纪 30 年代的西街，做生意的人也很多。有一家漆匠铺的生意非常好，一天忙得不可开交。

漆匠铺地理位置极佳，又是百年老店，口碑好。俗话说："木匠怕漆匠，漆匠怕照亮。"顾客在旁边不停夸，这漆匠铺的何漆匠技术好，做的活连人影都照的下来。过路的人问："何漆匠生意这么好，给你介绍两个小伙子来当学徒如何？"何漆匠看两个青年才俊来应聘很是欣喜。

年长的叫李春山，二十岁，小的叫易梦成，今年刚十五岁，何漆匠很满意。拜师仪式就在漆匠铺举行，亲朋好友来做见证。点上香蜡，师父在上，敬天、敬地、敬师父，三拜

礼毕，徒弟给师父献上红包，敬上茶。拜师结束，围观的人
一一散去。

西街走妖　张法画

何漆匠带着徒弟，言传身教，年轻人进步快，通过三年
的学习，李春山和易梦成掌握了炼桐油、生漆、清油、颜料

等技术。李春山在刷漆和熬漆方面都可以独当一面了，何漆匠便去后堂做事了。

割漆，是个又脏又累的苦差事，不是人人都能接触生漆，有的人会对漆过敏，还必须在晴天进山，漫山遍野找漆树。割漆时，一天都要在漆树上攀上爬下，尽管天气炎热，李春山仍然穿着很厚耐磨的衣裤劳动。漆树皮被斜着割开月牙形的小口子，用蚌壳插进去，生漆就会沿着口子的边缘流出来。

每年四月至八月，水分挥发快，阳光充沛，生漆质量好。生漆流入木桶中后，再用油纸密封保存。刚流出的生漆呈灰白色，与空气接触后氧化变成栗壳色，干后呈褐色。

一日，李春山如往常一样，在深林中寻找漆树，走着走着，昏昏欲睡，便躺在铺满树叶的地上。睡眼蒙眬中，一个仙女翩翩而降，来到他面前，一阵清香扑面而来。仙女给李春山送来好吃的野果，又把他带到一个水潭沐浴。冲洗一身的污垢，换上一身新衣服，须臾间把李春山带进一个豪华的房间。仙女与李春山相拥而眠，情真意切，缠绵缠绵。突然师父出现，大喊一声，徒儿在干啥？李春山吓了一跳，被惊醒了。这时，天空中乌云密布、电闪雷鸣。李春山低头一看，地上躺着一条蟒蛇，在那里一动不动。李春山头皮发麻，撒腿就跑，跑着跑着，一间茅屋出现在眼前，他上前敲门，有人吗？

门开了，出现一名如花似玉的姑娘，李春山感觉姑娘似曾相识，仔细一看，正是梦中那名仙女。

李春山拿着工具，带着漆桶在姑娘家中住了下来，两个人过着夫妻一般的生活。白天李春山去割漆，姑娘就一起去，晚上一起回来。割漆虽然劳累，但二人感情非常甜蜜。几个月过去了，割下来的生漆装了几桶，师父派人送信，说漆匠铺的漆快要用完了，叫李春山回去。有美女相伴，在山上如此快活，李春山哪还想回去？但是，师命难违，纠结万分，姑娘也有所觉察。

一日，茅屋突然着火了，只有工具和漆桶没有烧着。

李春山扛着沉重的漆桶下山，姑娘拿着工具跟在后面。走着走着，李春山感觉身上的漆桶越来越轻，放下来检查，漆是装满的，李春山大惑不解，姑娘在一旁抿嘴一笑。

二人继续赶路，走到二王庙，姑娘打了个喷嚏，天就开始下雨了。雨越下越大，过路的人打着伞，他们两个人没有打伞，但衣服是干的。一会儿二人就到了西街的漆匠铺，易梦成看师兄找了个漂亮的嫂子回来，笑脸相迎。李春山把几个漆桶交给师父，师父突然大怒："你两个孽障拿命来！""师父，徒儿含辛茹苦，尽心尽力，才把漆割回来，没有功劳也有苦劳。"李春山说道。易梦成打圆场："天下这么大的雨，让他们进来吧，师父，人家又没有恶意。""哪有你说话的份？"说罢，何漆匠便提刀杀出来。李春山见状，带着姑娘就走，姑娘一出门，一路上嘻嘻哈哈。天上下大雨，他们两人身上却是干的，街头邻居无不惊奇，连问为何？只听易梦成冒出一句："妖怪！"当众人赶过来准备捉妖时，他们已经走远了。人们议论纷纷，猜测那女子是妖怪，什么妖呢？也许是像白素贞那样的吧。

从此，再没人见过李春山和那名女子。

响水堰的传说

在观凤楼东面翔凤桥河的旁边，沿西蜀大道的土地上有很多小河沟渠，这些小河有利于发展农业生产，灌溉农田。同时，还筑坝修了很多水碾，如何家碾、高家碾，为打米磨面提供便利。

在古代，碓臼杵糍粑、舂米。农民在水流湍急的地方修建水碾磨坊进行粮食加工。水碾的上面是圆圈形的石槽，下面是一个扇形的木板，经流水的冲击产生转动，带动碾子。黄谷放进石槽内，在圆形碾石的滚动下，通过转动为粮食脱壳，再经过风簸机分离出糠，白色的大米就装进了口袋。

传说，贾公祠路段与羊子河口之间的交界处，就有一个神奇的水碾磨坊——响水堰，当地人将自家晒干了的粮食，用鸡公车推或者用箩篼挑来碾。由于碾磨需要很长的时间，因此要耐心等待，有的人为了碾米半夜还在等待。有一天，一个妇女挑谷子来碾，过桥的时候一不小心掉下桥，谷子没了人也被淹死了。从那之后，就常能听到一个妇女的哭声却怎么也看不到人。有一次，一个男子在傍晚挑着谷子到响水堰来碾米，听到这伤心的哭声就放下身上的担子去看个究竟，当听到在东边哭的时候走近一听，那哭声却在南边，到了南边时听到哭声又在西边，正纳闷，突然听到潮水般哗哗哗的声音。男子心想：可能遇到鬼了，便米也不碾了挑着担子急忙回家。消息很快传开了，都说碾子上有鬼，鬼出现时会有潮水般哗哗哗的流水声。不久之后就没有人再去那里碾米了。

闹鬼的事不胫而走，响水堰潮水般哗哗哗的流水声，吓得无人敢走夜路。赶路的人结伴而行也必须打着火把壮胆。星光闪烁，微风吹动着竹林，响水堰传出潮水般哗哗哗的响声，那声音让人不由心惊胆战。时间一长，本村老农民发现这声音有规律，中午 12 点与半夜 12 点才会发出如潮水般的流水声。

一时间，出现了各种猜测。有说是碾子上水不够的，有说是远处石头掉河里引起的，有说是千里之外的钱塘江大潮引起的，甚至有说是附近的珍禽异兽吸收日月精华引起的，但最后都被一一否定。此时，有人说，马家河心大石下以前传出过鸭子叫，后被证实是几个十多岁的顽皮孩子在捣鬼，会不会响水堰的潮水声也是这样呢？但是，响水堰的潮水声响了不知多少年，与马家河心大石下只出现过一次的鸭子叫是不一样的。

响水堰的传说　张法画

从那以后，一直有人认为响水堰有宝贝，派人去寻找，结果一无所获。后来由于行人减少，闲置的路面种上了庄稼，响水堰那片土地已经平整成水田。民主村拆迁后，响水堰那块地成了张江御景小区，只有民主村九组的老人才知道以前响水堰的故事。

永远消失了的伏龙观铜罐萝卜

　　都江堰景区鲤鱼沱河坝，以及黄家河心一带的泥沙土地，有悠久的种植萝卜的历史。这里的萝卜品种非常好，形状如铜罐，当地人称其为伏龙观铜罐萝卜，比张家湾的沙地萝卜还要好吃。铜罐萝卜个头大，产量高，生吃甘甜爽口，常与猪肉混煮，煮熟后的萝卜吃起来格外清甜，再蘸上熟油海椒，汁水能从萝卜的上面浸透到下面，这就是正宗伏龙观的铜罐萝卜。

　　话说在明朝末年，在今天都江堰市离堆公园的那个地方，长出一个五十多斤重的铜罐萝卜，人们称它为萝卜王。与一般的萝卜相比，铜罐萝卜长势更快，个头更大。伏龙观的铜罐萝卜因此享誉四方。此事还惊动了大明朝的崇祯皇帝，他派两个钦差专程到都江堰购买铜罐萝卜。可是那两个钦差到了四川郫县，就人困马乏，歇了下来，看见郫县的萝卜个头也大，就买了回宫交差了。皇帝吃了萝卜觉得与传说中的味道不一样，再用熟油海椒，上下浸不透，这时两个钦差大惊失色，只得如实招来，因犯欺君之罪，最终被杀了头。

永远消失了的伏龙观铜罐萝卜　张法画

随着时代的变迁，都江堰景区没有土地能种这铜罐萝卜了，鲤鱼沱河坝也没有土地种萝卜了，唯一能种萝卜的土地就只剩黄家河心那几亩地，我的一个远房二姐就在黄家河心住。小时候，我妈带我到二姐家做客。二姐、二姐夫郭大哥热情招待我们吃午饭。二姐家的萝卜煮肉特别香，萝卜蘸上熟油海椒特别好吃，这才是地道的伏龙观铜罐萝卜。郭大哥说萝卜是土人参，有补肝益气健脾之功效，妈妈说萝卜有利尿作用，小孩子吃了尿床，一泡尿把大人冲到温江，说着笑了起来。二姐说白天吃萝卜没事，小孩子有尿就屙，只要晚上不吃萝卜，就不会尿床，我也大吃起来。

那一天临走时，二姐还送我们几个萝卜带回家，让家里人也尝尝味道。我和妈妈大约走了两公里，抬头看天上乌云翻滚、电闪雷鸣，紧接着就下起了大雨。我们赶快跑到青城大桥下躲雨，这时雨越下越大，地上溅起了大朵大朵的水花，天色渐渐暗下来，我们必须回家，冒着大雨也要走。我和妈妈全身湿透了，雨点打在脸上睁不开眼，我光着脚丫走在泥泞的路上，摔了一跤又一跤，萝卜掉在地上到处滚，妈妈扶我起来，捡起萝卜继续走，舍不得丢掉。我们终于回家了，放下背篼里的萝卜，全家人看我像个落汤鸡，问我把二姐家的萝卜王背回来没有，当看见背篼里的萝卜并不大，大家都有些失望。

　　过年，二姐一家人到我家拜年。我问二姐："为什么上次不把萝卜王送给我？"二姐说家里没有萝卜王，说着眼里含着泪水，是因为家里穷啊。二姐慢慢地说，黄家河心每年都会出现萝卜王。有个习俗，哪家地里发现萝卜王，当地人都要来恭贺你，你就要招待人家吃饭。河坝里住的人，家家都缺粮食，招待不起啊。那一年，张大爷为此事都舀水不上锅了。所以一旦发现自家地里的萝卜快速长大，就要把它除掉，不让别人看见。看着泪流满面的二姐，我说我再也不要萝卜王了。父亲过来批评我，大过年的和二姐说不高兴的话，让我去地里扯几个萝卜回来淘干净煮肉。二姐看见我拿回来的萝卜又小又丑，破涕为笑。

　　1979年，黄家河心修建沙黑河电厂，能种铜罐萝卜的最后一片土地被征用了，从此以后就再没有人种铜罐萝卜了。即使把铜罐萝卜的种子种在别的河滩沙地，也不会长出伏龙观铜罐萝卜的个头和味道。

　　1981年，二姐家附近的小沟边上，二姐夫郭大哥种下几粒萝卜籽，竟然长出了萝卜王，大约有十七斤重。只可惜萝卜吃完了，萝卜种没有留下。

　　几十年过去了，整个黄家河心变化很大，人们住进高楼，农家乐、招待所随处可见，人民安居乐业，生活幸福，黄家河心居住的人们都过上了小康生活。只是，经常会感慨萝卜王没有了，铜罐萝卜没有了，就连张家湾沙地萝卜都没有了。

今天，我们走到蔬菜市场，随处都可见到萝卜，但它与伏龙观的铜罐萝卜有本质的区别。多么希望萝卜王不是一个传说，可它确实就在我们的眼前消失了。

糟蹋五谷雷打脑壳

从古到今，天赐民以食，民以食为天。俗话说：常将有日思无日，莫待无时思有时。粮食是宝中宝，厉行节约，反对铺张浪费，是中华民族的传统美德，糟蹋粮食的人，必遭天谴。

话说清朝时期，灌县有一家地主姓刘，叫刘有财，家有良田五百亩，家丁家眷和雇工有几十人，一年收谷子四百石，在当地虽然不算大地主，但也是知名人士。

刘有财有个女儿叫刘翠花，芳龄十七，美貌如花。邻村万地主托媒婆来提亲，刘地主夫人问媒婆万家的家境如何，媒婆说，万地主有良田六百亩，一年收黄谷五百石。万地主的儿子万勇，年龄十八，身高五尺，英俊帅气。听到这信息，刘地主将将胡须，非常满意，就问女儿有什么想法。女儿说，听爸妈的。所谓父母之命，媒妁之言，就互相交换八字，这事就说成了。

糟蹋五谷雷打脑壳　张法画

　　时逢三月，媒婆带着刘地主去万地主家，亲家一家人热情接待，拿烟倒茶。刘地主看万家环境不错，这女婿也懂礼貌，露出满意的微笑。中午开饭，万地主一家高兴得不得了，酒斟满，亲家请。亲家去，女婿请，吃菜，吃菜。

　　时维九月，序属三秋。通过半年的接触，万公子与刘小姐在媒婆的牵线下，举行婚礼。万地主的亲朋好友齐聚一堂，好不热闹。支客师、厨师忙得不亦乐乎。随着客人的增加，支客师与厨师清点一下人员，告诉万地主，人太多，食材可能不够。万地主说了一句"将就"，就走了。这下怎么办？厨师只好将食材减少一半，一桌席的食材分成两桌人吃。此时，万地主远远看见，刘地主家送亲的队伍向万家走来，天空突然下起小雨，接亲的送亲的急忙躲雨，一条泥泞的小路，难以站稳双脚。亲朋好友都来帮忙，路上烂泥糊脚，有的光脚提着鞋，有的人不注意，天上下雨脚踩滑，摔了个大跟斗。乱哄哄中，只听有人说，吝啬鬼办喜事才下雨！万地主听到生气了，命人拿粮仓里的黄谷来铺路，一挑挑黄谷倒在泥泞的路上，所有人都傻了眼，这太糟蹋粮食了吧！刘地主看到万亲家这一举动，蒙了。这时雨越下越大，老天爷发火，电闪雷鸣，一声巨响，炸雷打在万地主身上，万地主被烧焦了，死了。

活宝

    天下之大无奇不有，新闻上说四川有个地方开采矿石，挖掘到很深的地方，发现矿石下面压着一只活乌龟，它在地下是如何生存的？后来，乌龟被放生到峨眉山。又听说很久以前，贵州某个地方的石头，里面装有水，用锤子一敲，里面还能发出哗啦啦的水声。

    清朝时期，青城山脚下的乡村小路上行人稀少，却来了一个走南闯北的货郎，他走走停停，一路询问："有太公九府钱吗？有玉簪首饰没有？古玩青铜器呢？"货郎来到小溪旁边的王家，便上前招呼："有人没有？讨口水喝。"小狗汪汪叫，王大爷上前迎接，说："我以为是来了亲戚，结果是个货郎。"王大爷叫家里人拿一把椅子让货郎坐，自己去烧水。货郎巡视周围一眼，看见屋檐下一块石头，便好奇地问："这石头放在这里有多少年了？"王大爷说："我家几代人都住在这里，这石头一直都在，也不知有多少年了。"
这时，水开了，王大爷把水端给货郎。喝完水，货郎问王大爷："你家这个石头卖不卖？"王大爷想了一想说："不卖。"心里则在盘算这货郎是做生意的，为什么要买我这不值钱的石头？肯定有问题。货郎又说："我给你高价行不？卖给我。"王家人商量了一下，开价四两银子。货郎是外省人，与当地人发音不一样，把四两听成了十两。十两就十两，货郎把石头看了又看，点点头，成交。不过，货郎银子不够，他先交了二两做定金，承诺半年之后补齐剩下的银子，再拿走石头，然后就走了。

货郎走后，王家人心想，这石头肯定很值钱，万一被盗了怎么办？如果是货郎找人来偷，我们还得赔银子。于是，一家人七手八脚，把石头搬进家里藏起来。

五个月后，货郎带了几个人，推着独轮车来到王家，一眼望去不见石头，一种不祥之兆涌上货郎心头。王家人笑嘻嘻地把石头抬了出来，货郎大叫一声："不好！死了！"王家人不明缘由，什么死了，不就是个石头吗，石头怎么会死？货郎叫王家大儿子把石头砸开，一看，一个死了的乌龟在里面，散发着臭气，货郎连连感叹："可惜，可惜！"

原来，四川龙门山脉地壳变化，将小小的乌龟压在下面，裹上了碳酸钙、二氧化硅，所以，表面上看，只是个石头，里面却藏了个乌龟，可谓是个活宝。灌县青城山因植被茂盛，一年四季雨水多，这石头得到水的润养，石头内的乌龟才存活下来。王家把石头搬进家里，石头得不到雨水的滋润，加上今年天气炎热，因此，乌龟就渴死了。真是可惜，可惜啊！

猫王

日常生活中，养猫也是一门学问，在自然界猫也会得病，也有天敌。有的猫不逮耗子，称为懒猫，实际是有的猫基因遗传不好，身体消瘦，营养不良。有经验的人在市场上买猫，就选身子短，尾巴又长又扁的猫。这种猫会逮耗子，称为"避鼠"，当它发现老鼠的动静时，就低垂着尾巴潜伏下来，一旦看见老鼠，便以闪电的速度咬住鼠头，慢慢食之，然后翘起尾巴向主人喵喵叫，这是逮了耗子在表功。这时主人会给它奖励一点猪肝。

20世纪50年代，灌县青城山下石佛沟的钟文华在太平乡行医治病，当地人都称他钟太医。闲暇之余他在集市行走，看见摊位上有几家人卖猫，于是上前挑选，摸摸小花猫的尾巴是否又长又扁。小花猫怒目圆睁，灵气逼人。钟太医刚一伸手，哎呀一声，手已被小花猫咬住，主人连忙说："对不起，我家小猫凶神恶煞，从不让人靠近，小小的它会咬人。"

钟文华说："这猫敢咬人，必定避鼠，多少钱？我买。"

经过一段时间的驯养，小花猫逐渐长大，钟文华家里再无耗子的影子，院子周围方圆几里也不见耗子出现。有一天，见多识广走乡串户的猫贩子来到石佛沟钟家，看到房脊上的小花猫，就对钟文华说："把你这只猫卖给我。"钟文华说："不卖，我这猫避鼠。"猫贩子又说："我多给你钱。"钟文华说："你给我再多的钱我也不卖。"这时猫贩子说出实情，这只猫是百年不遇的猫王。钟文华说："何以见得？"猫贩子说："你把猫唤下来，看看它两只耳朵里是不是都有一尺长的毛。"

钟文华把猫抱在怀看看猫的耳朵，果然发现有根一尺长的毛。小花猫是猫王的秘密被人们发现了，猫就生气了，像疯了一样乱窜，跳进深井淹死了。钟文华一下子感到失落，猫贩子直说可惜。几天后，钟文华的夫人突然因心脏病猝死。后来经媒人介绍，钟文华再婚，有了一儿一女两个孩子。

20世纪90年代，钟文华的儿子钟青述在灌县卫生学校学习，我们成为同班同学，一来二往我俩成为好朋友。一次我骑车去石佛沟钟青述家，他父亲钟文华和钟大娘热情接待了我。后来我跟着钟太医学习，无意之中，他讲述了这猫王的故事。

后来，钟太医年纪大生病走了，钟青述也在他五十八岁那年生病去世。但他的子女们与我家孩子一直都有往来。

梦想读书

　　六岁那年，幸福公社十六大队贾公祠小学校派了几位老师到我家，要我去上学。当时，父母亲都在家里，老师问了我的姓名年龄，又问我能不能数到一百。我说能，妈妈教过。老师说，你可以上学了。他们又问我父亲叫什么名字，我不知道，只知道父亲的绰号，引起了几位老师的哄堂大笑，我面红耳赤羞愧难当。

　　在农村，人们生活比较困难。我那时候读书，一元五的学费父母亲也交不起，大队书记开个困难证明就免交了。平时放学我帮家里割草养猪，放农忙假的时候参加集体劳动。为了争当又红又专的接班人，我在学校努力学习，勤劳刻苦。戴红领巾，让我觉得是很光荣的事。

　　1975年秋，我上初中，母亲在邻居家借来五元钱交给我，让我到幸福公社丰都庙中学校交学费。对待学习，我非常认真，几乎每次都提前完成老师布置的作业，并且热爱劳动，热爱集体，思想进步。后来，想到家里贫困，缺乏劳动力，便开始逃课，在生产队参加劳动，学习成绩自然就开始下降。两年制的初中，同学们学习了三册教科书，就毕业了。幸福公社管理文教卫生的刘书记在毕业典礼上讲话，由于时间关系，剩下的一册书，同学们回去自学。

我想继续上高中，但家庭条件不允许。当时我已经十四周岁了，应该参加集体生产劳动，多挣工分，为家庭，为国家做贡献。

春耕生产，水田里的秧苗发芽，小蝌蚪游来游去找着妈妈。升上高中的同学让我羡慕，一直等到第二年春天我的心情都难以平静，经常在家乡的羊肠小道上徘徊，四周是一望无边的农田，田里的油菜花上，露水珠在晨光中闪耀发光。蓝天白云与嫩黄色的油菜花交相辉映，春风吹来，香气扑鼻，景色迷人。我走到土地庙，懒洋洋地躺在长长的石板上，须臾便进入梦乡。梦中，我走进了一座气势宏伟的宫殿，里边有金碧辉煌的廊柱、精美的壁画以及各种人物和飞禽走兽的雕塑，整个宫殿绚丽多彩，使我有进入人间仙境的神奇感觉。

坐在上面的文殊菩萨对我说："书中自有黄金屋，书中自有颜如玉。"

那时我还不懂其中的意思，就说："回文殊菩萨，我是来求你指点迷津的，如果我不能上学了该怎么办？"

文殊菩萨交给我一支笔，一把锄头，然后便消失了。"这是叫我边学习边劳动吗？"我暗自思量。

回过头，但见毛主席他老人家站在那里，面貌慈祥，笑着对我说："小朋友，世界是你们的，也是我们的，但归根结底是你们的。你们青年人朝气蓬勃，正是兴旺时期，好像早晨八九点钟的太阳，希望寄托在你们身上。"

油菜花间一群蜜蜂向我飞来，哎哟一声，我被蜜蜂蜇了。一觉醒来，才知是蚂蚁把我咬醒了。

记得保尔·柯察金说过这样一句话："人的一生应该这样度过：当回首往事的时候，他不会因虚度年华而悔恨，也不会因碌碌无为而羞愧；在临死的时候，他能够说：'我的整个生命和精力，都已经献给世界上最壮丽的事业——为人类的解放事业而斗争。'"

自那天后，农忙的时候，我干活不分昼夜，勤勤恳恳。农闲的时候，便学习各种技术，理发、粮食加工、木匠、泥水匠、修房造屋都是我要学习的内容。

1986年，我到灌县煤建公司蜂窝煤厂，拉蜂窝煤挣钱，休息的时候看书。机缘巧合下，我上了卫校。毕业后，我考上乡村医生，在民主村卫生站工作。四十岁那年，我考上成都中医药大学，在那里脱产学习了三年专业医学知识。毕业后，我考取了执业医师资格，到了社区卫生服务站工作。

事实证明，读书，在哪里都可以读。